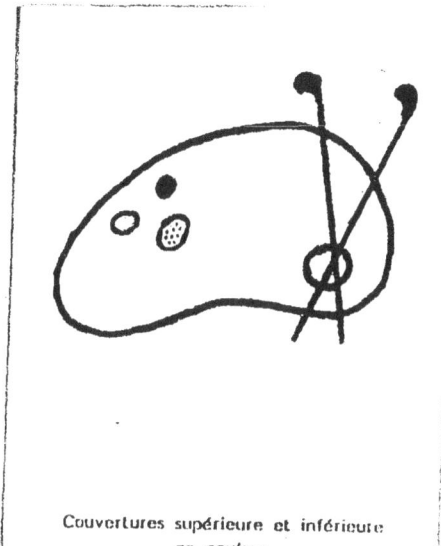

Couvertures supérieure et inférieure
en couleur

COUVERTURES SUPERIEURE ET INFERIEURE D'IMPRIMEUR

CONTES

A MA FILLE

1re SÉRIE IN-8°.

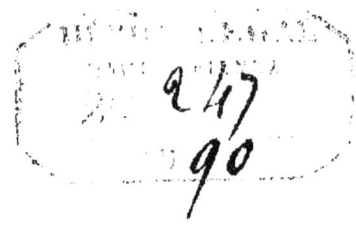

CONTES

A MA FILLE

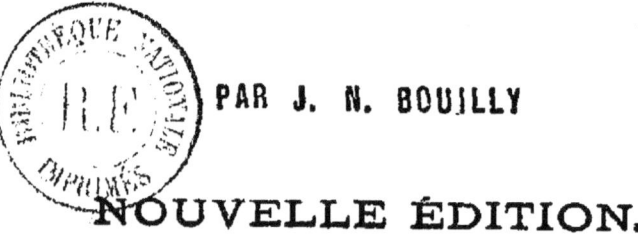

PAR J. N. BOUILLY

NOUVELLE ÉDITION.

LIMOGES
EUGÈNE ARDANT ET Cᵢₑ, ÉDITEURS

CONTES A MA FILLE

LE SANSONNET.

De tous les oiseaux qui répètent le langage de l'homme, le sansonnet est celui qui parle le plus distinctement. « Il peut, dit Buffon, apprendre à parler indifféremment français, allemand, grec, latin, et à prononcer de suite des phrases un peu longues. Son gosier délicat se prête à toutes les inflexions, à tous les accents. »

Jacques, savetier, dont l'échoppe était adossée au coin d'une des principales rues de Paris, avait élevé un de ces oiseaux, qui, joyeux et bavard, quoique renfermé sans cesse dans une vieille cage d'osier, faisait les délices de son maître, et répétait sans cesse tout ce qu'il entendait dire. « Où donc est Jacques? demandait souvent telle ou telle pratique qui ne le trouvait point à son échoppe. — Au cabaret du coin, répondait aussitôt le sansonnet. — Combien vous dois-je, père Jacques? disait une autre personne. — Vingt sous tout au juste, » répondait encore le sansonnet. Enfin le babil de l'oiseau était en si grande renommée dans le quartier, que le savetier voyait augmenter chaque jour le nombre de ses pratiques, et trouvait dans son état obscur l'aisance, le bonheur, et surtout la gaieté.

Au-dessus de l'échoppe du savetier, son unique fortune, donnaient les croisées de l'appartement d'un capitaine de cavalerie, militaire distingué dont la fille unique, nommée Flore, âgée de douze ans, prenait plaisir à écouter le sansonnet. Souvent elle l'avait fait remarquer à son père, et depuis quelque temps elle le sollicitait d'acheter cet oiseau, qui chaque jour lui causait plus de surprise.

Le capitaine, fatigué des instances de sa fille, fit monter Jacques un matin, et lui demanda combien il voulait vendre son sansonnet. « Vendre mon sansonnet? s'écria le savetier; non, mon capitaine : ce serait vous vendre ma vie. C'est lui qui me procure tous mes chalands, qui fait venir à ma boutique les plus aimables voisines; c'est à lui que je dois mes chansons, mes bons mots, ma santé, le bonheur dont je jouis. Tout l'or que vous avez, mon capitaine, ne suffirait pas pour payer mon sansonnet. — Vous l'entendez, dit l'officier à sa fille; ce brave homme ne peut en effet se séparer d'un oiseau qui lui est aussi cher, et je ne puis qu'approuver ses refus. »

A ces mots, Jacques retourna à son échoppe, plus joyeux que jamais, et s'applaudissant d'avoir conservé son cher sansonnet, qui semblait, en cet instant même, vouloir reconnaître l'attachement que lui portait son vieux maître, en répétant ce que souvent il entendait dire dans la rue : « Jacques, brave homme !... Jacques, brave homme !... »

Peu de temps après, le savetier, instruit par un domestique du capitaine que sa fille désirait toujours l'oiseau, imagina, pour l'en dégoûter, de faire prononcer à son cher élève plusieurs mots qui se trouvaient analogues à tout ce qu'il apprenait sur le caractère et les usages de la jeune fille.

Avait-elle fait gronder quelque domestique, dès le lendemain, en se mettant au balcon, elle entendait le sansonnet qui répétait : « Flore est méchante !... Flore est méchante !... » Avait-elle fait à son père quelque mensonge pour abuser de sa bonté, de sa confiance, bientôt elle entendait dire au sansonnet : « Flore a menti !... Flore a menti !... » Enfin, chaque fois qu'elle avait mal fait, elle était sûre de recevoir de l'oiseau une leçon qui blessait d'autant plus son amour-propre que cette leçon avait pour témoins tous les habitants de la maison.

Ce que Jacques avait prévu arriva. Autant Flore avait désiré le sansonnet, autant elle le prit en aversion. Elle poussa cette aversion jusqu'à se plaindre à son père de l'audace du savetier, exigeant qu'il fût puni de son insolence. En ce moment même, le sansonnet répéta plusieurs fois : « Flore est méchante !... Flore est méchante !... »

« Vous l'entendez ! s'écria-t-elle. Non, vous ne souffrirez point qu'on insulte ainsi votre fille ; ce n'est pas à moi seule que ce vilain petit animal dit des injures :

on lui en fait répéter contre vous; oui, mon père, contre vous-même... — Flore a menti! reprit encore le sansonnet; Flore a menti!... »

Cet heureux à propos, que le hasard seul fit naître, mit le comble au dépit, à la colère de la jeune personne, mais en même temps ouvrit les yeux de son père, qui, réprimant sa surprise, se proposa bien de mettre à profit cette singulière aventure.

Quelques jours après, le capitaine apprit que, pendant son absence, la nourrice de Flore était venue la voir, et qu'elle en avait été reçue avec indifférence et hauteur. Cette digne femme, profondément blessée, s'était retirée toute en larmes, se promettant bien de ne revoir jamais l'ingrate qu'elle avait nourrie de son lait, et à qui, pendant deux ans, elle avait prodigué ses soins et sa tendresse.

Marthe, c'était le nom de cette bonne nourrice, avait caché son chagrin et ses pleurs à tous les gens de l'hôtel, voulant encore ménager la réputation de Flore, et lui conserver les égards dont elle était environnée; mais, de retour à Romainville, où elle demeurait, elle ne put s'empêcher de raconter ses peines à quelques voisines, dont le babil transmit bientôt jusqu'aux oreilles du capitaine ce qui s'était passé. Furieux, indigné contre sa fille, il s'entendit secrètement avec Jacques pour donner à Flore une leçon salutaire.

Un jour qu'il avait réuni chez lui beaucoup de monde, chacun, après le dîner, s'empressa de prendre l'air au balcon qui donnait sur la rue. Le sansonnet, excité par les rires et la conversation qu'il entendait au-dessus de sa cage, se mit à jaser de toutes ses forces. Quelqu'un adressait-il un compliment à la fille du capitaine, l'oiseau répétait : « Flore est méchante !... Flore est méchante !... »

« Quel est donc l'insolent, dit une autre personne de la société, qui ose insulter ainsi mademoiselle Flore ? — C'est ce vilain sansonnet que vous voyez là, répliqua-t-elle, rouge de dépit et de colère ; il ne fait que m'injurier chaque jour, mais, il a beau faire, tout le monde sait que je vaux bien... — Vingt sous tout au juste, répéta de nouveau le sansonnet ; vingt sous tout au juste... » Flore se mordait les lèvres, ses yeux étincelaient de rage...

« Vous l'entendez ! ajouta-t-elle en regardant son père, cet insolent savetier, pour me faire perdre l'envie d'acheter son sansonnet, lui apprend sans cesse à prononcer mille injures contre moi, mille mensonges... oui, mille mensonges. — Marthe a pleuré ! s'écria l'oiseau très-distinctement. Pauvre nourrice ! » Flore, à ces mots, resta court, pâlit et perdit contenance. « Pauvre nourrice ! prononça plus fortement encore le sansonnet. Marthe a pleuré !... Flore est méchante !... Vingt sous tout au juste. »

« Croyez-vous que cette fois le sansonnet répète des mensonges ? reprit alors le capitaine en jetant sur sa fille un regard sévère. — Ah ! mon père ! s'écria la jeune personne, je vois que c'est vous qui voulez me punir d'une faute qui pesait sur mon cœur, et que je me fais un devoir d'avouer ici devant tout le monde.

Oui, j'ai fait à ma nourrice un accueil indigne de ses bontés et de ce que je lui dois. Je croyais que mon ingratitude, que je me disposais à réparer, ne serait jamais connue de vous ; mais je rends grâce au hasard de ce qu'il m'a procuré l'occasion de vous prouver la sincérité de mes remords. Accordez-moi ma grâce : à l'instant même je vais à Romainville la demander aussi à ma bonne et respectable Marthe. Le sansonnet m'est devenu plus cher que jamais, et le vieux savetier sera récompensé de la leçon sévère que je reçois en ce moment. »

Le capitaine pressa sa fille contre son cœur et la loua de chercher à réparer sa faute. Flore partit, arriva chez sa nourrice, obtint sans peine son pardon, la ramena le soir même à l'hôtel... Mais quelle fut sa surprise d'y voir Jacques installé en qualité de concierge, et surtout de trouver dans le salon une cage de la plus grande richesse, dans laquelle était le sansonnet, qui commençait à répéter : « Flore est charmante!... Flore est charmante!... »

LE PANIER DE FRAISES.

Sur la belle avenue de Paris à Bagnolet se voit une agréable habitation, nommée l'Ermitage, dont la grille donne sur le grand chemin. C'était au milieu du mois de mai, époque où ce joli pays produit les premières fraises qui paraissent dans la capitale.

Laure, fille d'un banquier qui habitait cet ermitage, était un soir seule, assise derrière la grille, et s'amusait à compter les petites économies qu'elle avait faites sur l'argent qu'on lui donnait, chaque mois, pour ses menus plaisirs.

Au moment où elle formait mille et mille projets pour employer un louis qu'elle avait amassé depuis plusieurs mois, elle entend jeter un cri dans l'avenue, regarde et aperçoit une jeune fille, nu-jambes et sans chaussures, dont le pied venait de glisser, et qui, en tombant, avait répandu sur la route plusieurs paniers de fraises qu'elle portait sur sa tête. Des pleurs coulaient en abondance sur les joues de Babet (c'était le nom de la jeune fille). Elle s'écriait avec l'accent du désespoir : « Que je suis malheureuse! Entrée ce matin au service de Jean-Pierre, la première fois que j'vais cueillir dans ses jardins, il faut que j'aie le malheur de répandre le produit de son travail et de ses soins! J'suis hors d'état d'lui en rembourser le prix; il va me chasser d'chez lui, peut-être m'faire passer dans l'village pour une malhonnête fille... Ma pauvre mère! qui n'avez qu'moi pour soutien, ô ma pauvre mère! qu'allez-vous devenir? »

En achevant ces mots, Babet ramassait à la hâte le peu de fraises échappées au désastre, et dont à peine elle put former un panier, tout le reste se trouvant écrasé dans sa chute et confondu dans la poussière.

Ces touchantes paroles : «Ma pauvre mère! qu'allez-vous devenir? » pénétrèrent jusqu'au fond du cœur de Laure. « Jeune fille, lui dit-elle en l'appelant du doigt, à combien pouvaient monter les paniers de fraises que vous regrettez si fort? — Hélas! ma bell' demoiselle, de six il ne m'en reste qu'un : cinq à quatre francs pièce, vu que c'est dans la primeur, ça fait... Elle comptait sur ses doigts. — Vingt francs! s'écria Laure. — Tant que ça! reprit Babet; c'est pus que je n'gagne en deux mois. Comment f'rai-je? O ma pauvre mère! qu'allez-vous devenir? — Eh bien! dit Laure, ouvrant doucement la grille, confiez-vous à moi, jeune fille, et je me fais forte de réparer l'accident qui vient de vous arriver. Donnez-moi ce seul panier qui vous reste, et prenez ce louis : c'est justement le prix des six que vous aviez. Vous direz à votre maître que vous avez vendu le tout aux habitants de l'Ermitage : par ce moyen, vous ne lui ferez éprouver aucune perte; vous serez toujours l'appui de votre mère, et moi je n'aurai jamais fait meilleur usage de mes petites économies. »

Babet, émue, surprise, remit à Laure son dernier panier de fraises, baisa plusieurs fois ses bienfaisantes mains, ainsi que le louis qui la sauvait de tant de malheurs, et regagna le village. De son côté, Laure, heureuse et fière d'avoir aussi utilement employé son argent, emporta dans sa chambre le panier qui lui était devenu si cher, se proposant bien de manger les fraises qui lui appartenaient à si juste titre, et surtout d'augmenter le prix d'une aussi bonne action en la tenant secrète pour tout le monde.

Mais le père de Laure avait vu à travers la jalousie de son cabinet tout ce qui s'était passé. Suivant sa

fille des yeux, il l'avait aperçue emportant furtivement
le panier de fraises, qu'il alla prendre dans la chambre
de Laure dès qu'elle en fut descendue, et la rejoignit
bientôt au salon, où elle brodait auprès de sa mère. Il
leur annonça que la plupart de ses amis devaient se
réunir le lendemain à dîner chez lui; comme il se
trouvait, parmi ses amis, un grand nombre de personnes de distinction qu'il était flatté de posséder, il
exprima le désir que le repas fût aussi splendide que
la société serait brillante.

Après une assez longue conversation, dans laquelle
le père de Laure ne put s'empêcher de prodiguer à sa
fille les plus tendres caresses, celle-ci remonta dans
sa chambre pour revoir son cher panier, et mange.
quelques fraises, qui lui semblaient devoir être les
meilleures qu'elle eût goûtées de sa vie. Mais combien
elle fut surprise de ne plus trouver ce précieux dépôt!
Elle cherche, s'inquiète, s'adresse à tous les gens de
la maison, personne ne savait ce qu'elle voulait dire;
son père seul jouissait de son aimable embarras.

Le lendemain, se réunirent les nombreux convives.
Le dessert le plus somptueux leur fut offert. Il était
composé de tout ce que le luxe peut inventer : des
sucreries les plus rares, de superbes ananas, des
glaces à l'italienne, de belles pyramides de fruits de
toute espèce. Mais chacun remarquait avec étonnement qu'il n'y avait point de fraises, si recherchées à
cette époque. La mère de Laure, surprise comme tout
le monde de ce que ses ordres n'avaient point été
suivis, se disposait à gronder celui de ses gens qui

était chargé de cette partie du service, lorsqu'un laquais vint déposer sur le plateau de fleurs qui était au milieu de la table le panier chéri de Laure. Elle ne put, en le voyant, s'empêcher de jeter un cri de joie, et son aimable rougeur annonçait que ce panier renfermait quelque mystère. Son père alors raconta l'aventure dont il avait été l'heureux témoin. « J'ai cru, dit-il, que je ne pouvais offrir à mes amis, à mes convives, d'autres fraises que celles-ci; non, je ne connais point de corbeille, fût-elle de porcelaine du Japon et remplie des productions les plus rares, qui puisse être comparée au simple panier de Babet. »

Chacun applaudit à la bonne action de Laure. Sa mère la prit dans ses bras; elle la tenait contre son sein, ne pouvant exprimer tout ce qu'elle ressentait. On pria la jeune fille de distribuer elle-même à chaque personne les fraises que contenait le panier : ce qu'elle fit en recevant les plus douces félicitations. Mais quel fut son étonnement lorsque, en offrant les dernières fraises, elle trouva au fond du panier un élégant bracelet avec un écusson d'or entouré de perles fines, et sur lequel étaient gravés ces mots : *Babet, à sa bienfaitrice.*

LE PETIT CHIEN NOIR.

Georges, vieux portier d'un des grands hôtels de Paris, veuf depuis quelques années et sans enfants, avait pour unique compagnon de sa loge un petit chien noir, qu'il appelait Colibri, et dont l'instinct et l'intelligence amusaient son pauvre maître et lui devenaient chaque jour d'une grande utilité.

Colibri n'avait reçu de la nature que ce qui pouvait le rendre agréable à ceux qui ne s'attachent pas à des dehors brillants ; le corps maigre et allongé, les pattes torses, la queue courte et les oreilles déchirées, les yeux petits et recouverts de longs poils roux qui souvent en cachaient toute la vivacité : tel était l'extérieur de Colibri. Souvent même il ajoutait à tous ces désavantages celui d'être crotté de la tête à la queue : ce qui exhalait une odeur qui le faisait bafouer de tout le monde, excepté de son vieux maître.

Parmi les personnes habitant l'hôtel, était un peintre célèbre, également veuf, et n'ayant pour toute famille qu'une fille, nommée Joséphine, qui entrait dans sa treizième année. Elle joignait à la plus agréable figure un esprit brillant, une heureuse saillie ; mais à travers ces avantages on remarquait avec peine une brusquerie que souvent elle portait jusqu'à la dureté. Tous les gens de l'hôtel, et surtout le bon Georges, en faisaient chaque jour la pénible expérience. Le père seul de Joséphine, aveuglé par sa tendresse, ne s'apercevait pas de ce défaut, si contraire à une éducation soignée, si nuisible au bonheur de tous.

On se doute aisément que Colibri éprouva, pour sa part, les funestes effets de la brusquerie de Joséphine. Jamais il n'av'; obtenu d'elle le moindre débris de la table, pas même les petites croûtes desséchées qui restaient après les déjeuners de la jeune demoiselle... « Oh! le vilain!... comme il pue! A la porte! allez coucher!... » Telles étaient les uniques faveurs que recevait le pauvre animal; trop heureux encore quand elles n'étaient pas accompagnées de certains coups de balai, dont Joséphine n'était que trop prodigue.

De tous les talents que cultivait la jeune personne, la danse était celui qu'elle chérissait le plus. Elle brillait par la plus grande légèreté, et sa figure prenait alors une expression d'amabilité qui cachait les vices de son cœur.

Dans une de ces brillantes réunions où Joséphine avait tant de plaisir à étaler ses grâces, elle heurta fortement un meuble et se fit à la jambe une blessure assez profonde, qu'elle feignit de n'avoir pas sentie, de crainte que son père ne l'empêchât de danser. D'un autre côté, la chaleur et le mouvement de la danse, calmant le mal, empêchèrent Joséphine de croire que sa blessure fût aussi considérable. Elle continua donc toute la nuit.

Mais, le lendemain, en se levant, elle éprouva une vive douleur qu'elle voulut encore déguiser à son père, espérant qu'elle ne serait pas de longue durée. Les efforts qu'elle fit pour cacher sa souffrance pendant plusieurs jours envenimèrent sa plaie, au point qu'il lui devint impossible de marcher, et qu'alors elle fut contrainte de tout avouer. Le médecin consulté déclara qu'un des nerfs avait été attaqué, et qu'il craignait beaucoup que la guérison ne fût lente et difficile. Cet arrêt du docteur fut un coup de foudre pour Joséphine. Elle était invitée à tant de soirées! il semblait que tout se réunissait pour augmenter son chagrin.

Bientôt le mal empira tellement, que la jeune blessée, obligée de garder le lit, se trouva dans l'isolement le plus absolu. C'est alors qu'elle éprouva que les qualités du cœur nous font seules des amis, sans lesquels on gémit dans l'abandon. En effet, le père de Joséphine fut le seul consolateur qu'elle eut pendant quelque temps. Les domestiques, qui tant de fois avaient éprouvé la dureté de son caractère, ne faisaient rien pour soulager ou distraire la jeune malade. Cependant le vieux Georges, qui l'avait vue naître, ne put résister au désir d'aller savoir de ses nouvelles. Elle était, ce jour-là, plus souffrante que jamais, et, se livrant à toute la peine que lui causait sa triste position, elle laissait échapper des larmes.

« Mille excuses, mam'selle, dit Georges, entr'ouvrant avec précaution la porte de la chambre; mais je ne puis tenir plus longtemps à vous exprimer combien je prends part à votre accident. Vous êtes donc tout-à-fait malade? — Oui, je le suis, mon cher Georges, répondit Joséphine avec un ton de douceur qui surprit et fit tressaillir le vieillard. Vous êtes, continua-t-elle, le premier des gens de la maison qui daigniez me témoigner quelque intérêt. — C'est que tous sont accoutumés à trembler si fort devant mam'selle! reprit Georges avec sa franchise ordinaire. Moi-même, je ne suis pas encore trop rassuré. — Oui, répondit Joséphine, j'eus bien des torts envers vous tous; mais je prétends les réparer. — Et moi, répliqua le portier, pour vous prouver que je n'ai cessé de penser à vous, je viens vous guérir; oui, si vous voulez vous fier à moi, sous huit jours je vous mets en état d'aller au bal. — Sous huit jours! s'écria Joséphine avec joie. Bon Georges, quelle serait ma reconnaissance! — Il ne faut pour cela qu'un remède bien simple, dont je fis moi-même l'épreuve l'été dernier, lorsque je me blessai si grièvement dans ma loge. — Eh! quel est ce remède? je veux en essayer au plus vite. — Je fis, reprit le vieillard en la regardant avec attention, je fis lécher ma plaie par Colibri, et en peu de jours je fus guéri radicalement; mais peut-être que mam'selle ne consentira pas que le pauvre animal... Il est si vilain!... il pue si fort!... et puis il a tant de fois été battu par mam'selle, que je crains bien qu'il ne veuille jamais... Ces animaux-là ont une mémoire... — Qu'importe! reprit vivement Joséphine. Tâchez seulement de l'amener ici : je le traiterai si bien, je lui donnerai tant de bonnes choses à manger, qu'il oubliera peut-être les mauvais traitements que trop souvent je lui fis supporter. »

Georges obéit, ouvrit la porte de l'antichambre, et trouva sur le carré Colibri, qui l'attendait avec impatience; dès le premier signe que lui fit son maître d'entrer chez Joséphine, il prit sa course dans l'escalier, se sauva jusqu'au fond de la loge de Georges, et s'y tint longtemps caché sous son lit, quelques instances qu'on pût lui faire, tant les coups qu'il avait reçus de la malade étaient gravés dans son souvenir. Ce ne fut que de force, et en le prenant dans ses bras, que le vieux portier parvint à le faire paraître devant Joséphine. Celle-ci employa mille et mille caresses pour l'attirer auprès d'elle, lui désigna sa blessure, et lui fit enfin comprendre qu'elle attendait de lui le même service que celui qu'il avait rendu à son maître.

Le pauvre animal, dont il semble que l'instinct soit de faire le bien pour le mal, se mit aussitôt à lécher la plaie, quoique tremblant de tout son corps; il réitéra souvent ce remède salutaire, et guérit en moins de huit jours la jambe de Joséphine, qui, les yeux mouillés de larmes et passant sa main délicate sur la peau rude et velue de son généreux médecin, lui voua pour jamais la plus vive reconnaissance, et fit succéder les soins les plus tendres à la dureté dont elle l'avait accablé tant de fois.

Elle reconnut alors qu'on ne doit jamais mépriser l'être le plus infime, et que souvent, sous la laideur même, on trouve les qualités les plus rares, les services les plus utiles.

LES DEUX ROSIERS.

Dans une de ces belles matinées du printemps où Paris se remplit des fleurs qui naissent dans tous les environs, M. Dorlis, négociant, revenait du Jardin-des-

Plantes avec ses deux filles, Anaïs et Célina; ils traversèrent le marché aux Fleurs, où l'horticulture réunit ses trésors. Tout ce que l'art et la nature peuvent produire d'arbustes rares, de plantes étrangères, paraît être en effet rassemblé dans ce lieu ravissant. Autant l'œil s'y trouve frappé de la richesse et de la variété des couleurs, autant l'odorat est flatté par les différents parfums qu'exhalent de toutes parts des buissons de fleurs fraîches cueillies.

Anaïs et Célina ne purent s'empêcher, en parcourant ce lieu véritablement enchanteur, de témoigner le désir de participer aux dons du printemps, et demandèrent à leur père de leur acheter à chacune un rosier. « J'y consens volontiers, leur dit M. Dorlis; vous pouvez choisir ce que vous trouverez de plus rare et de plus beau. »

Anaïs, très-recherchée dans ses goûts, choisit un de ces beaux rosiers de la Chine, si vantés par toutes les femmes du grand ton, et dont la rareté fait le principal mérite. Ce rosier, au moment d'entrer en fleur, devait occuper un riche vase de porcelaine qui ornait le dessus du chiffonnier d'Anaïs.

Célina, simple dans ses goûts, dédaignant le faste et la mode, et leur préférant ce qui, par l'usage et l'expérience, offre un plaisir sûr et durable, fit choix d'un ample rosier des quatre saisons, dont le feuillage épais se trouvait couvert d'une quantité prodigieuse de boutons, et qu'elle destinait simplement à remplir une caisse de bois peinte en vert qui se trouvait sur la croisée de sa chambre.

Chaque rosier ayant été mis à la place qui lui était préparée, celui d'Anaïs, dont la sève avait été accélérée par la température de la serre chaude où il avait passé l'hiver, se couvrit bientôt de toute sa parure, et produisit une quantité de roses étrangères. Anaïs ne cessait d'en faire l'éloge, et les montrait avec orgueil à toutes les personnes qui venaient chez son père.

Le simple rosier de Célina, qui suivait lentement l'ordre prescrit par la nature, et dont la sève n'avait été aucunement excitée par les ressources de l'art, était à peine orné de ses boutons naissants ; son feuillage, à moitié développé, n'offrait d'autres attraits que celui de l'espérance. Relégué dans sa caisse de bois, sur la fenêtre de Célina, il ne frappait aucunement les yeux, ne donnait encore aucune jouissance. Tous les éloges et toute l'admiration étaient pour l'élégant rosier de la Chine, qui, fièrement étalé dans son beau vase de porcelaine. faisait les délices et l'ornement du boudoir où il était placé.

Mais la nature ne souffre pas impunément qu'on devance sa marche et qu'on accélère ses effets. Elle semble refuser aux plantes, aux arbustes, les forces nécessaires pour être longtemps parés des dons de l'art. On croirait même qu'elle en est jalouse, tant passent vite les fleurs des serres chaudes les mieux soignées.

Le beau rosier d'Anaïs ne lui donna donc pas une longue jouissance. Ses secondes fleurs furent tout autres que les premières. A peine chacun de ses boutons était-il ouvert, que bientôt la rose épanouie per-

lait sa fraîcheur, s'effeuillait et tombait desséchée
Plusieurs autres boutons, dont le germe avait été
trop fortement excité, avaient à peine la force de s'entr'ouvrir, et tombaient également sur leurs tiges
avant d'avoir fleuri. Bientôt ce brillant rosier se trouva
privé de son élégante parure; son feuillage jaunit, et,
avant que la belle saison eût terminé son cours, cet
arbuste se trouva dans la nudité de l'hiver, et n'offrit
plus à la jeune Anaïs qu'un buisson stérile, qu'un
amas de feuilles desséchées; en un mot, il devint indigne de remplir le beau vase de porcelaine dont, peu
de temps auparavant, il rehaussait l'éclat et la
richesse.

Le simple rosier qu'avait choisi Célina, moins précoce d'abord et moins apparent, s'était orné peu à
peu d'un épais feuillage. L'air pur qu'il recevait sur
la fenêtre où il était modestement placé l'affermissait
sur sa tige, en même temps qu'il donnait à ses branches plus de force et d'extension.

Enfin ses nombreux boutons s'ouvrirent insensiblement, et il fut couvert d'une quantité prodigieuse de
roses, dont le parfum l'emportait de beaucoup sur
celui qu'avait exhalé momentanément son rival; mais
ce qui lui donnait surtout un grand avantage sur ce
dernier, c'est qu'à mesure que ses fleurs s'épanouis-
saient, elles étaient renouvelées par mille boutons
qui, se succédant les uns aux autres, ne cessèrent,
pendant toute la belle saison, de perpétuer la plus
riche parure.

Chaque matin, Célina paraissait avec une rose à la

main, qu'elle offrait à son père; elle ne craignait pas
de dépouiller le rosier fertile, à qui une seule nuit
suffisait pour produire des fleurs nouvelles. Anaïs,
qui depuis longtemps n'avait plus une seule rose à
offrir, commençait à s'apercevoir que son choix
n'était pas, aussi heureux que celui de sa sœur; et,
comme le souvenir d'un bien qu'on a possédé s'affaiblit à la vue du bien que possèdent les autres, Anaïs
avoua que les fleurs du rosier des quatre saisons
exhalaient une odeur bien plus suave que celles du
rosier de la Chine, et que, si les roses de ce dernier
étaient plus rares, plus recherchées, les autres étaient
bien plus nombreuses, bien plus durables, et procu-
raient plus de jouissances.

Ce qui acheva de confirmer Anaïs dans cette opinion,
ce fut lorsqu'à la fin de l'automne, et même au com-
mencement de l'hiver, l'infatigable rosier, bravant les
neiges et les premiers frimas, s'orna, pour la qua-
trième fois de l'année, d'une quantité de roses tout
épanouies, dont le parfum était plus suave que
jamais, et dont la fraîcheur offrait, au milieu de la
nature en deuil, un éclat plus brillant encore que
dans la belle saison. Célina, joyeuse et triomphante,
eut à son tour le bonheur de parer sa chambre de ce
rosier chéri, et d'offrir quelques-unes de ses fleurs à
Anaïs. Celle-ci, dans son dépit, voulut arracher et
jeter au feu le fameux rosier de la Chine, quelle que
fût son illustre origine, afin de donner au rosier fertile
le beau vase de porcelaine qu'occupait le premier;
mais Célina s'y opposa formellement. Elle craignit

que son beau rosier, si fécond dans sa simple caisse
de bois, ne prît, dans le vase de porcelaine, la séche-
resse et la stérilité de son rival. Anaïs se rendit aux
raisons de sa sœur, abandonna tout à fait le rosi
étranger, et forma le projet de préférer toujours aux
objets de mode et du grand ton ceux dont l'utilité est
constante, et le produit analogue au climat que nous
habitons.

La bonne et généreuse Célina, qui, comme sa sœur,
ne portait pas tout à l'extrême, se chargea du rosier
abandonné, lui prodigua tous ses soins, et se procura
la satisfaction de jouir, à la belle saison suivante, de
ses fleurs, à la vérité de peu de durée, mais qui ne
laissaient pas de contraster avec les roses des quatre
saisons. Lorsque Anaïs lui reprochait de cultiver
ainsi ce rosier stérile et passager, Célina lui répondait que la préférence qu'il faut donner aux productions de son pays ne devait point exclure entièrement
celles qui nous viennent de l'étranger; qu'on pouvait, en fondant ses principales jouissances sur les
plantes dont on connaissait l'usage et le produit,
s'amuser à étudier, dans celle des pays lointains,
dimmense variété des productions de la nature : ce
qui souvent conduisait à des résultats utiles, à des
découvertes importantes.

LE CABRIOLET VERSÉ.

M. Valstein, ingénieur en chef des ponts-et-chaus-sées, chargé des travaux extérieurs de la ville de Paris, en parcourait souvent tous les environs dans un cabriolet élégant et commode. Il s'arrêtait tou-jours dans les maisons les plus considérables, où il était accueilli avec les égards dûs à ses talents, au rang distingué qu'il occupait, et surtout à l'amabilité de son caractère.

Veuf depuis longtemps, il n'avait qu'une fille, nom-mée Herminie, qui entrait à peine dans son adoles-cence. Ne pouvant lui-même diriger l'éducation de cette fille chérie, l'espoir et le charme de sa vieillesse il l'avait mise dans une pension renommée, située au milieu du faubourg Montmartre. Lorsque ses courses le menaient de ce côté, quelquefois il prenait Her-minie avec lui, et la conduisait dans telle ou telle habitation, où elle était sûre de passer la plus agréable journée.

Un jour, M. Valstein essayait un cabriolet neuf qu'il venait d'acheter; sa forme nouvelle, ses ressorts dorés et la riche peinture qui le décorait, tout cela devait, selon lui, flatter le petit orgueil d'Herminie, qui souvent altérait le charme des plus aimables qua-lités par un amour-propre excessif et la fierté la plus ridicule. Il alla donc prendre la jeune personne à sa pension, pour la mener avec lui à une terre située au-

2

dessus de Saint-Denis. C'était la fête patronale du village, et, le soir même, devait avoir lieu un bal champêtre, auquel assistait ordinairement la meilleure société des environs.

Herminie avait en conséquence mis ce qu'elle avait de plus recherché. Sa robe fraîche et légère était d'une rare élégance. Son chapeau de paille d'Italie, d'un admirable travail, s'embellissait d'une guirlande de bluets. Une chaussure élégante dessinait son pied, et de riches bracelets, ciselés dans le dernier goût, ornaient ses bras, tandis qu'un cachemire de l'Inde l'enveloppait de ses plis onduleux. On voit, d'après ce détail, que le père d'Herminie lui prodiguait tout ce qui pouvait flatter sa vanité.

Un jeune jockey bien galonné, un cheval vigoureux et d'une superbe allure, répondaient à l'élégance du cabriolet. Herminie n'avait été de sa vie plus satisfaite ni plus heureuse. On était à l'équinoxe d'automne : le temps, à cette époque, est presque toujours variable, et, ce jour-là, des nuages épais qui couvraient l'horizon semblaient annoncer quelque orage. En effet, M. Valstein et sa fille ne furent pas plutôt sortis des barrières de Paris que plusieurs coups de tonnerre se firent entendre, et furent suivis d'une pluie abondante, mais de peu de durée : elle acheva de couvrir de boue tous les chemins, déjà gâtés par le mauvais temps de la veille, qui avait duré une partie de la nuit.

Herminie, tapie au fond du cabriolet, se couvrit les genoux avec la redingote de son père, et prit la plus 'grande précaution pour que sa toilette ne fût aucunement endommagée; mais ce qui l'avait en secret contrariée, c'est que M. Valstein avait fait monter entre eux deux le charmant petit jockey, qui, vêtu légèrement, eût été transpercé, et qui malheureusement, quelques précautions qu'il pût prendre, avait un peu pressé la jeune personne, dont la plus grande crainte était de chiffonner sa jolie robe et d'en altérer la fraîcheur.

Quand ils furent à peu près au milieu de l'immense plaine de Saint-Denis, ils rencontrèrent un pauvre vieux marchand de légumes des environs, qui retournait dans sa chaumière, monté sur une petite charrette attelée de trois ânes en arbalète, lesquels marchant lentement et paraissant accablés de fatigue, occupaient le milieu du pavé et regagnaient le hameau, d'où ils venaient chaque matin apporter à la halle des légumes de toute espèce. Au moment où l'élégant cabriolet de M. Valstein approcha de cet humble et grotesque équipage, le bon vieillard, voulant se ranger pour le laisser passer, fit quitter à l'une de ses roues le pavé, qui se trouvait resserré dans cet endroit. Cette roue, tombant dans une ornière très-profonde, fit verser la petite voiture et jeta sur le côté un des ânes, que son maître crut blessé. Il essaya de le soulager en cherchant à soulever sa charrette; mais le pauvre vieux marchand était lui-même tellement fatigué, qu'il n'en avait pas la force.

M. Valstein avait fait arrêter son cabriolet aux cris

que poussait le vieillard; il mit aussitôt pied à terre,
et s'empressa de l'aider à remettre d'aplomb sa petite
voiture. Pour y parvenir, il crotta ses mains, son
habit, ses chaussures; mais, emporté par le plaisir de
secourir ce pauvre homme, il ne s'en aperçut qu'en
remontant dans son cabriolet.

« Comme te voilà fait! lui dit Herminie avec surprise et dédain; ne m'approche donc pas, tu vas gâter
ma robe! — Que veux-tu? lui répondit M. Valstein,
ce pauvre vieux bonhomme ne s'était précipité dans
l'ornière que pour nous laisser un libre passage : il
était bien juste que je l'aidasse à mon tour. Tu sais
d'ailleurs que jamais je n'ai pu résister à la voix ni à
l'aspect d'un être souffrant... »

Herminie, peu convaincue par cette réponse, ne
cessait de reprocher à son père son excès de bonté, et
lui faisait observer qu'il n'était pas décent de se présenter de la sorte dans la brillante société où ils
étaient attendus. Elle fit tant d'amères plaisanteries à
M. Valstein sur la manière dont il s'était crotté, que
celui-ci comprit facilement ce qui dictait à sa fille
tout ce qu'elle lui disait à cet égard.

Il lui fit sentir avec adresse et douceur son ridicule
et son injustice : leur conversation s'animait sur ce
sujet, et déjà ils n'étaient plus qu'à une demi-lieue de
Saint-Denis, lorsque tout à coup l'essieu du brillant
cabriolet se rompt, et les voilà tous les deux versés à
leur tour sur le milieu de la route.

Herminie crut d'abord que c'était fait d'elle. « Je
suis morte! s'écria-t-elle avec force; je suis morte! »

Son père, effrayé par cette douloureuse exclamation, se convainquit bientôt que la peur seule avait frappé l'imagination de sa fille, et qu'elle n'avait pas le moindre mal.

« Je suis morte! répétait encore plus fortement Herminie.

—Eh bien! ne crie donc pas si fort, lui disait en riant M. Valstein; quand on est mort, on ne pleure pas, et l'on ne dit rien... »

Il s'occupa, avec son jockey, qui s'était lestement esquivé dans la chute, à relever son cabriolet, aidés encore de plusieurs personnes qui, en ce moment, passaient sur la route.

Herminie, revenue de sa frayeur, était restée à sa place et commençait à se remettre un peu. Ce qui surtout la consolait, c'est que, grâce à la prévoyance de son père, qui l'avait prise dans ses bras au moment où ils versaient, elle n'était aucunement crottée; seulement sa belle robe était un peu chiffonnée, et les bluets qui ornaient son joli chapeau d'Italie avaient perdu quelque chose de leur pose élégante.

M. Valstein lui annonça qu'ils ne pouvaient plus rester dans le cabriolet sans craindre d'en fausser les ressorts.

Il fallut en conséquence chercher un moyen de se rendre à Saint-Denis, et de là à la terre où ils étaient attendus.

On voyait bien passer à chaque instant, sur la route, de ces petites voitures qui vont et viennent sans cesse de Paris à Saint-Denis; mais, comme c'était un dimanche, toutes se trouvaient remplies. On fut donc contraint d'attendre; et cependant le temps s'écoulait: il était près de quatre heures.

Pendant que l'on cherchait les moyens de sortir d'embarras, le pauvre vieux marchand de légumes vint à passer à son tour.

En apercevant M. Valstein encore tout crotté du service qu'il lui avait rendu une demi-lieue plus loin, il fait arrêter ses trois ânes, descend précipitamment de sa petite charrette, et s'empresse d'offrir à son tour ses services.

« Que vous est-il donc arrivé, mon cher bon Monsieur? — J'ai versé comme vous, mon brave homme; mais je ne puis relever ma voiture aussi facilement que la vôtre: l'essieu s'est brisé. — Nous ne savons, ajouta la jeune personne, comment faire pour gagner le château où nous allons. — Y a-t-il bien loin d'ici à ce château? reprit le bon vieillard. — C'est à une petite demi-lieue au-dessus de Saint-Denis, repartit M. Valstein, et je crains bien que nous n'arrivions pas à l'heure du dîner, ce qui me contrarierait beaucoup. — Si j'osais vous proposer, ainsi qu'à Mademoiselle... — Quoi donc? lui demanda vivement Herminie. — Ma petite charrette peut contenir deux personnes en se serrant un peu : il ne s'agit que de retourner la paille toute fraîche de ce matin et de mettre sur la petite banquette de bois la redingote de Monsieur... — J'accepte, brave homme, répondit aussitôt M. Valstein... Ma fille, dit-il à Herminie avec intention, n'es-tu pas, comme moi, touchée de l'offre de ce bon vieillard? — Sans doute, répondit-elle en balbutiant : *cela vaut toujours mieux que rien;* et, au risque d'être un peu cahotée, je pourrai du moins arriver sans que ma toilette soit endommagée. »

A ces mots, qui ne répondaient pas tout à fait à la reconnaissance qu'éprouvait M. Valstein, le vieux marchand fit avancer sa petite voiture du côté où se trouvait la jeune demoiselle, et bientôt elle se trouva saine et sauve sur la banquette de la petite charrette aux légumes. Son père s'y mit auprès d'elle. Le jeune jockey eut ordre de conduire à Saint-Denis le beau cabriolet, au simple pas du cheval, afin de le faire mettre en état de retourner le soir à Paris. Le bon vieillard conduisit à pied son grotesque attelage; et, au bout d'une demi-heure, Herminie et son père firent dans Saint-Denis une entrée triomphale que remarquait en riant chaque personne qui passait : tout le monde se mettait aux fenêtres pour considérer cette singulière caravane. M. Valstein en riait aux éclats; mais Herminie, les yeux baissés et se mordant les lèvres, répétait à chaque instant qu'il était bien désagréable de servir ainsi de risée à toute une petite ville. « Que t'importe? lui répondait son père, toujours en riant et avec intention : tu ne seras pas crottée; et, comme tu le disais toi-même tout à l'heure, cela vaut toujours mieux que rien. »

En passant sur la place de Saint-Denis, Herminie sollicita M. Valstein de prendre une des petites voitures qui s'y trouvent ordinairement, et de laisser là le char triomphal du marchand de légumes.

« Nous serons plus commodément, disait-elle ; nous arriverons plus vite et surtout plus décemment dans la brillante réunion où tu me conduis. — Oh ! non, ma fille, lui répondit M. Valstein, ce serait mortifier cet excellent homme, qui nous a tirés d'embarras si officieusement, s'est mis pour nous dans la boue et s'est détourné de son chemin : j'entends qu'il nous conduise ainsi jusqu'à notre destination. »

Ces dernières paroles furent un coup de poignard pour Herminie, qui persistait toujours dans son opinion.

Pendant ces débats, la petite charrette roulait tout doucement, et nos voyageurs, après avoir traversé Saint-Denis, arrivèrent bientôt à l'entrée de l'avenue conduisant au château où ils allaient.

Herminie proposa de nouveau à son père de descendre et de parcourir à pied cette avenue, dont le sol séché par les rayons du soleil, qui dardaient depuis quelque temps, n'offrait aucun risque pour sa toilette.

« Non, non, lui dit encore M. Valstein, notre équipage m'est devenu trop cher pour que je n'en donne pas une représentation à la nombreuse société qui nous attend. »

Les trois ânes en arbalète arrivèrent donc dans la première cour du château, traversèrent la seconde, et pénétrèrent enfin jusqu'aux marches du vestibule, après avoir défilé devant les croisées du salon. A la vue de ce grotesque équipage, chacun partit d'un éclat de rire et courut au-devant d'Herminie, qui, pourpre de dépit et de honte, descendit de son char empaillé, aux acclamations et aux rires inextinguibles de toutes les personnes réunies autour d'elle.

M. Valstein, en lui donnant la main avec une cérémonie et une dignité qui ajoutaient encore au comique de la situation, raconta ce qui s'était passé. Tout le monde loua l'obligeance, la bonté du vieux marchand de légumes. M. Valstein chargea Herminie de lui remettre un louis pour le récompenser de ce qu'il l'avait empêchée de crotter sa toilette si recherchée, et lui dit en l'embrassant : « Pardonne-moi cette leçon, ma fille. Souviens-toi qu'on ne doit jamais rougir d'un bienfait, quelle que soit la main qui le dispense, et rappelle-toi ce que dit, à ce sujet, La Fontaine dans une de ses fables :

> Il faut, autant qu'on peut, obliger tout le monde :
> On a souvent besoin d'un plus petit que soi. »

LE PETIT SAVOYARD.

Les habitants de la Savoie se sont fait remarque en tout temps par l'amour du travail et la plus scrupuleuse probité. Admis dans les plus beaux hôtels de Paris, on ne s'est jamais plaint qu'ils eussent abusé de la confiance qu'on leur accordait. Accoutumés à vivre de peu, ne changeant point, au sein même de la capitale, leur manière d'exister ni leurs vêtements grossiers, ils n'ont qu'un but, qu'un seul désir : c'est d'amasser, à force de peine et de sueurs, une modique somme d'argent, qu'ils portent joyeux et triomphants à leurs pauvres familles, qui souvent ont bien souffert en leur absence.

Parmi les travaux auxquels ces bonnes gens s'accoutument, le ramonage des cheminées est celui qui leur est spécialement dévolu. Ces ramoneurs vont ordinairement deux ensemble : l'un, d'une taille élevée, pour les grandes cheminées; l'autre, plus petit et presque encore dans l'enfance, afin de pouvoir se hisser dans les petites cheminées des cabinets. Ce petit ramoneur est entièrement soumis à l'autorité du plus grand, qui exerce sur lui le pouvoir absolu d'un mentor et d'un maître.

C'était à la fin de l'automne. M. Destinval, honnête négociant de Paris, fit monter dans son cabinet deux Savoyards du coin de la rue, pour ramoner sa cheminée. Comme elle était d'une structure moderne et que le passage était fort étroit, ce fut le plus petit des deux qui fut chargé d'y monter. On couvrit, selon l'usage, l'entrée de la cheminée d'une double nappe, afin d'éviter l'odeur et la fumée de la suie, et d'en garantir l'appartement. Le petit ramoneur une fois mis à l'œuvre, le plus grand alla vaquer à d'autres travaux dans la même maison.

Elisa, fille de M. Destinval, attirée par le désir d'entendre la chansonnette que les Savoyards ont coutume de chanter au faîte des cheminées, resta dans le cabinet de son père; et, voulant écarter la nappe pour mieux entendre, elle la fit tomber, la releva promptement à travers le nuage de suie qui sortait en abondance, et courut aussitôt s'essuyer la figure et les mains, afin qu'il ne restât aucune trace de son étourderie.

Pendant ce temps, le petit ramoneur, après avoir chanté sa chansonnette, descendit de la cheminée, et, se trouvant seul dans le cabinet, il appela son camarade, qui rentra aussitôt, accompagné de M. Destinval et de plusieurs domestiques.

Quand la suie fut ramassée, que le petit Savoyard se fut secoué, nettoyé, et qu'il eut repris sa veste, M. Destinval, satisfait de son service, et plus encore de la gaieté franche et naïve du gentil petit Montagnard, lui donna un écu. Il sortit aussitôt avec son grand camarade, pour aller l'aider à ramasser la suie d'une autre cheminée que ce dernier avait, pendant ce temps-là, ramonée dans une pièce voisine.

Elisa rentra dans ce moment, et vint raconter à son père ce qui venait de se passer entre les deux Savoyards. Elle avait vu, disait-elle, le plus petit remettre à l'autre l'écu qu'il avait reçu. Elle l'avait entendu se féliciter avec lui d'avoir fait une bonne matinée... En un mot, Elisa répéta à son père tout ce qui s'était dit, redit et répondu; car la jeune demoiselle, quoique d'ailleurs sensible et très-aimable, était d'un bavardage que souvent elle poussait jusqu'à l'indiscrétion, et dont ses parents ne pouvaient venir à bout de la corriger.

Quand tout fut remis en ordre dans le cabinet de M. Destinval, il voulut faire sa toilette, et ne trouva

plus sur la cheminée ses boutons de chemise, formés
de deux diamants, qu'il y avait déposés. Surpris, inquiet, il cherche partout, et soupçonne d'abord le
petit Savoyard de les avoir dérobés.

« Cependant, se disait-il, l'air franc et joyeux de ce
petit ramoneur, la joie qu'il a témoignée en recevant
l'écu que je lui ai donné, tout m'empêche de croire
qu'il ait commis ce vol. . » En raisonnant ainsi,
M. Destinval cherchait et recherchait en vain ses boutons. Elisa proposa à son père de demander aux gens
de la maison s'ils n'avaient point connaissance de la
disparition de ce bijou.

» Allez, lui dit M. Destinval ; mais gardez-vous bien
d'émettre aucun soupçon, et bornez-vous à recom-
mander tout bas au portier de dire au petit Savoyard,
quand il sortira, qu'il remonte dans mon cabinet,
que j'ai à lui parler, une commission à lui faire
faire. »

Elisa s'empressa d'aller exécuter les ordres de son
père. Aucun domestique n'avait vu les boutons en
question. Chacun d'eux formait mille conjectures
différentes : tous souffraient à la fois de cette aventure. Lorsque le plus petit objet disparaît, c'est une
calamité dans une maison dont tous les domestiques
sont honnêtes ; le doute seul est un outrage, le moindre soupçon un supplice.

Elisa, que son penchant funeste à babiller entraînait
bien souvent plus loin qu'elle ne le pensait, oubliant
en ce moment ce que son père lui avait recommandé,
rappela à plusieurs domestiques que le petit ramo-

neur, en descendant de la cheminée, s'était trouvé
seul dans le cabinet de son père. Elle ajouta qu'elle
avait cru remarquer sur sa figure de l'embarras, une
certaine émotion, lorsque M. Destinval était rentré
avec elle dans son appartement, etc... Enfin elle leur
confia, mais sous le plus grand secret, que son père
lui-même soupçonnait le petit Savoyard d'être l'auteur du vol... Elle descendit aussitôt donner au portier l'ordre convenu, et remonta précipitamment auprès de M. Destinval.

« Non, répétait ce dernier, je ne puis encore me
déterminer à croire que ce petit malheureux se soit
oublié à ce point. Je veux, je dois m'assurer entièrement de son innocence ; et, s'il est coupable, je saurai, tout en lui donnant une forte leçon, le sauver de
l'opprobre et peut-être de la vengeance terrible
qu'exerceraient sur lui tous ses compatriotes... »

Comme M. Destinval achevait ces mots, on entendit
dans la cour des cris déchirants et le bruit de coups
réitérés, ce qui avait attiré en un instant tous les gens
de l'hôtel et les personnes qui passaient dans la rue.
M. Destinval ouvre sa fenêtre ; il aperçoit le pauvre
Savoyard, que frappait encore son grand camarade,
et qui, les mains jointes et tout meurtri de coups,
protestait de son innocence. M. Destinval descend
aussitôt, croyant que le vol est avoué par l'enfant,
qu'il projette de soustraire à son funeste sort. Sa fille
le suit, s'imaginant aussi que le voleur est découvert ;
mais quelle fut leur douleur d'entendre un des domes-

tiques, qui tenait encore le petit ramoneur par les cheveux, s'écrier :

« Oui, c'est là le coupable, c'est lui qui nous a tous exposés au soupçon le plus cruel, le plus indigne de nous : il payera cher le mal qu'il nous a fait. — Eh! quelles preuves avez-vous pour le condamner ainsi? dit M. Destinval, perçant la foule. — En est-il de plus fortes, répond le domestique, que votre accusation elle-même? — Qui vous a dit que je l'accusais? — Mademoiselle Elisa. Pourquoi voulez-vous épargner un petit scélérat qui nous a tous compromis? — Quoi! ma fille, reprit M. Destinval avec indignation, vous avez pu violer le secret que je vous avais confié!... Non, non, ajouta-t-il, j'atteste, au nom de l'honneur, que je n'ai point accusé cet enfant; je n'ai pu concevoir que de simples soupçons. et j'étais loin de m'attendre, en les confiant à ma fille, qu'elle en ferait un si cruel usage. »

Pendant que M. Destinval parlait ainsi, le petit Savoyard, prosterné à ses pieds, implorait sa justice, criait miséricorde. Elisa, confuse et tremblante, s'apercevait, mais trop tard, de sa funeste imprudence. Enfin les domestiques, toujours acharnés, et les passants réunis, prompts à céder à la première impression qui les frappe, demandaient à grands cris que le voleur fût conduit au corps de garde et livré à la justice, quand la femme de chambre d'Elisa, accourant éperdue, remet à M. Destinval ses boutons; elle les avait trouvés enveloppés dans la nappe qu'on avait mise devant la cheminée du cabinet pendant que le

petit Savoyard la ramonait, et que la curiosité d'Elisa
avait fait tomber.

On peut se figurer quel fut le désespoir de cette
cune personne en reconnaissant, avec tout le monde,
l'innocence du pauvre petit ramoneur, qui, dans ce
moment même, implorait encore sa pitié. Elle tomba
presque sans connaissance dans les bras de son père.
Les domestiques pâlirent, en se repentant d'avoir cru
aussi légèrement une jeune indiscrète. Tous les passants se retirèrent en disant qu'il était affreux de
maltraiter ainsi l'innocence. Le grand Savoyard ne
savait comment faire oublier les coups dont il avait
accablé son petit camarade; et M. Destinval, en désignant à Elisa les meurtrissures dont ce pauvre enfant
était couvert, lui dit :

« Vous voyez votre ouvrage. — Je saurai réparer
ma faute, s'écria la jeune personne; je veux moi-
même soigner, guérir cet infortuné, et, si vous le per-
mettez, mon père, je l'attache à mon service : il ne
me quittera jamais.

— J'y consens, ma fille, reprit M. Destinval;
puisse-t-il te rappeler sans cesse que le moindre mot,
transmis et mal interprété, quelle que soit la pureté
de nos intentions, produit souvent les effets les plus
terribles, et peut faire le malheur de toute notre vie. »

LES PAPILLOTES.

M. de Saint-Victor, ancien agent de change, après s'être vu père d'une famille assez nombreuse, avait pour unique soutien de sa vieillesse la plus jeune de cinq filles, que la mort avait épargnée, et sur laquelle il réunissait toute sa tendresse. Théonie, c'était son nom, entrait à peine dans son adolescence : privée de sa mère depuis longtemps, et confiée aux soins d'une ancienne et respectable gouvernante qui l'avait vue naître, elle avait pris la mauvaise habitude de tout faire au gré de son caprice, de suivre ce que lui dictait son imagination vive et sans expérience ; en un mot, elle ordonnait dans la maison de son père, comme si elle en eût été l'unique souveraine.

Peu à peu les qualités de son âme aimante et sensible firent place à une exigence ridicule, à une dureté d'autant plus pénible, que souvent Théonie ne s'apercevait pas de l'effet qu'elle produisait sur l'esprit de toutes les personnes qui l'environnaient. Un domestique oubliait-il quelque légère commission dont l'avait chargé la jeune demoiselle, il en recevait les reproches les plus humiliants. Tel autre tardait-il un seul instant d'arriver au premier coup de sonnette, c'était un crime impardonnable qui toujours lui attirait mille remontrances et jusqu'à la menace d'être chassé de la maison. La femme de chambre passait-elle un seul œillet du corset de Théonie, celle-ci, rouge de colère et frappant du pied, s'écriait d'une voix aigre et glapissante : « Je suis lacée tout de travers : vous êtes d'une gaucherie, d'une ineptie... » La coiffait-elle, Théonie trouvait que ses cheveux ne bouclaient pas assez, qu'ils tombaient sur ses yeux, qu'ils la gênaient, qu'ils l'excédaient. Lui essayait-elle une robe, elle allait affreusement : la taille était sans grâce, la garniture trop épaisse, les manches pas assez plissées, et mille autres défauts semblables... Un domestique la servait-il à table, jamais il ne lui donnait d'assiettes à propos; il fallait toujours, disait-elle, qu'elle demandât plusieurs fois à boire avant de l'obtenir : tantôt on lui donnait trop d'eau; tantôt on lui donnait trop de vin. C'était bien pis encore quand on lui apportait des chaussures; elles étaient trop courtes, trop longues, trop larges, trop étroites; elles lui rendaient le pied affreux; elles n'étaient jamais de la couleur qu'elle avait ordonnée. Enfin tout semblait concourir à la contrarier, l'impatienter; et, à l'exception de son père, il n'était personne auprès d'elle qui ne souffrît de la brusquerie de son caractère.

Tant de caprices et de despotisme fatiguèrent tous les gens de la maison, au point que la plupart s'en plaignirent hautement à M. de Saint-Victor, et résolurent de quitter son service, quelques regrets qu'ils eussent de se séparer d'un aussi bon maître. Celui-ci, qui gémissait en secret de la conduite de sa fille, mais qui ne voulait la ramener à la douceur que par un moyen qu'il projetait depuis longtemps, invita ces bonnes gens à ne pas faire la moindre attention aux

reproches, aux criailleries de la jeune despote ; il leur
recommanda surtout de n'y répondre que par un sourire, et de ne jamais obéir à ses ordres quand elle les
donnerait avec aigreur.

Ce plan fut suivi avec fidélité. Théonie appelait-elle
quelqu'un avec son ton de dureté ordinaire, personne
ne lui répondait ; faisait-elle une question, ordonnait-
elle avec son arrogance accoutumée, chacun lui riait
au nez, s'éloignait en haussant les épaules, et la laissait dans un étonnement que sa colère seule pouvait
égaler. Elle s'en plaignit amèrement à son père,
s'imaginant qu'elle allait faire chasser les téméraires
qui avaient osé lui manquer de respect à ce point ;
mais M. de Saint-Victor lui dit avec ce calme d'un
père tendre et d'un esprit observateur : « Tu te plains
avec raison, ma Théonie ; il semble en effet que tous
nos gens aient formé la résolution de ne plus t'obéir ;
mais ne serait-ce pas plutôt ta faute que la leur? Souvent je t'ai vue les rudoyer, abuser de leurs soins et
de leur patience. Ta vieille bonne elle-même n'en est
pas exempte : elle en souffre moins que les autres,
parce qu'elle a soigné ton enfance et qu'elle a pour
toi la tendresse d'une mère. N'oublie pas, ma fille,
que le moyen le plus sûr d'être bien servi, c'est de
faire éprouver à ceux qui y sont obligés du plaisir à
remplir leurs devoirs. Je vais t'en donner une preuve :
je suis le maître ici, j'ai le droit d'y commander avec
toi ; mais je ne l'ai jamais fait sentir à aucun de mes
domestiques : aussi tous me sont-ils aussi dévoués
qu'ils semblent devenus indifférents envers toi... »

En achevant ces mots, M. de Saint-Victor tire avec force et à plusieurs reprises le cordon de sonnette de son appartement; à l'instant même tous ses gens entrent de différents côtés, et presque tous à la fois. « Qu'est-il donc arrivé à Monsieur? dit en entrant son valet de chambre. — Monsieur se trouverait-il incommodé? lui demanda son laquais. — Est-ce que le feu serait chez vous? s'écria brusquement son cocher. — Serait-il arrivé quelque accident à ma chère petite? dit la vieille bonne, accourant toute tremblante. — Je te l'avais bien dit, reprit M. de Saint-Victor à sa fille... Non, mes bons amis, ajouta-t-il en les regardant avec émotion, il ne m'est rien arrivé : je ne voulais que donner une preuve de votre zèle à Théonie, qui prétend qu'on ne peut obtenir de vous le moindre service... »

Chaque domestique, fidèle aux ordres de M. de Saint-Victor, qui leur fit en ce moment un signe d'intelligence, se retira de nouveau en souriant et en haussant les épaules. Théonie, plus furieuse que jamais, déclara à son père qu'elle avait résolu de ne plus leur adresser un mot et de se passer de leurs soins. « Se serve d'eux qui voudra! s'écria-t-elle avec aigreur; non, je ne veux pas qu'un seul d'entre eux, pas même ma vieille gouvernante, mette le pied dans mon appartement. — C'est le moyen de n'être jamais interrompue dans tes occupations, lui répondit son père. — Je ferai tout moi-même : mon lit, ma chambre, ma toilette. — Tu seras sûre alors que chaque chose sera faite à ta guise, ajouta M. de Saint-Victor.

— Je prétends même, continua Théonie, qu'aucun d'eux ne me serve à table, et, pour cela, je ferai placer près de moi une des servantes en acajou qui sont dans la salle à manger, et sur laquelle je trouverai tout ce qui me sera nécessaire. — J'approuve ton plan, ma fille, et te promets de donner des ordres pour que tout soit fait suivant ta volonté. — Quel plaisir j'aurai de prouver à tous ces gens-là que nous pouvons nous passer d'eux; que nous pourrions nous dispenser de les payer, de les nourrir, de les combler de présents qui souvent n'en font que des ingrats! — Je souhaite, ma Théonie, que tu leur donnes cette leçon. »

Dès le même jour, notre jeune étourdie se servit elle-même à boire au dîner, se donna des assiettes, coupa son pain, en regardant à son tour avec malice les domestiques, qui paraissaient surpris d'un aussi grand changement..... Il est vrai qu'elle cassa une carafe de cristal, une assiette de porcelaine, et répandit une certaine quantité de vin rouge sur la nappe; mais son père lui dit avec sa douceur ordinaire : « Il faut bien payer son apprentissage, et s'accoutumer à tout. »

Le soir, en entrant d'une soirée, Théonie plia avec soin son châle, serra ses gants et son chapeau. La femme de chambre se présenta pour la délacer, lui ôter sa robe et lui mettre des papillotes, ainsi qu'elle avait coutume de le faire tous les soirs. « Je n'ai pas besoin de vous, lui dit brusquement Théonie; j'ai acheté un corset qui se lace par-devant, je rangerai moi-même tout ce qui compose ma toilette, et me mettrai des papillotes. Oui, Mademoiselle, vous avez beau rire et tourner la tête, je me mettrai des papillotes... »

Enfin la vieille bonne qui l'avait élevée vint lui demander la clef de sa chambre pour faire la couverture de son lit, selon son usage. Théonie la refusa, quelques instances réitérées que lui fit cette digne et excellente femme.

Ce qui acheva surtout d'étonner toutes les personnes attachées à la maison, et M. de Saint-Victor lui-même, ce fut de voir, le lendemain matin, la jeune fille frotter son appartement, balayer, housser, faire son lit et mettre tout en ordre... Il est vrai qu'elle avait cassé un grand miroir de toilette, déchiré un couvre-pied de mousseline brodée, et répandu l'huile d'une veilleuse sur une bergère de pékin bleu de ciel ; mais son père lui répétait avec sa bonté ordinaire : « Il faut bien faire son apprentissage, et s'accoutumer à tout. »

Théonie voulut aussi faire son feu. Munie d'un briquet, dont, la veille, elle avait fait l'emplette, elle parvint à enflammer plusieurs bûches qu'elle avait entassées dans sa cheminée... Il est vrai qu'elle se brûla un peu les doigts, qu'elle se donna plusieurs coups contre les chenets et le marbre, et que la trop grande quantité de bois qu'elle avait mise dans la cheminée faillit mettre le feu à la maison ; mais M. de Saint-Victor, entrant fort à propos, s'empressa de l'éteindre, en répétant toujours avec calme : « Il faut bien s'accoutumer à tout. »

Quelques heures après, Théonie descendait au salon, où se trouvaient réunies plusieurs personnes invitées à dîner. On ne put s'empêcher de remarquer le désordre qui régnait dans sa toilette. Sa robe, mise tout de travers, formait sur ses épaules les plis les plus ridicules. Le nouveau corset, lacé par devant, mais trop serré sans doute par le bas, remontait trop haut. Son fichu, mis de côté, cachait entièrement une de ses épaules, tandis que l'autre était tout à fait à découvert. Sa ceinture, arrangée avec assez de grâce par devant, formait par derrière le plus mauvais effet. Mais ce qui surtout frappait la vue des personnes accoutumées à voir Théonie coiffée avec soin, c'étaient ses cheveux, qui, mis par elle en papillotes, ne frisaient aucunement; tombant aplatis sur son visage, ils couvraient ses yeux, et lui donnaient une physionomie si extraordinaire, que chacun se mit à éclater de rire et lui demanda la cause d'un changement aussi subit. M. de Saint-Victor fit part à tout le monde des grands projets de la jeune réformatrice, et feignit d'y applaudir et de les approuver.

Cependant Théonie avait été profondément blessée du rire ironique et général qu'avait excité sa nouvelle toilette. Ce qui surtout l'avait touchée, c'était d'entendre dire que ses cheveux, plats et collés sur son front, nuisaient à la délicatesse de ses traits. Elle projeta donc de se remettre elle-même des papillotes; et, pour que ses cheveux blonds pussent friser et

former de nombreuses boucles à l'anglaise, le soir
même, étant seule dans son appartement, elle les
passa et repassa au feu. Il est vrai qu'elle se brûla le
haut d'une oreille, et qu'elle se fit au front une autre
brûlure assez forte; mais elle s'en consola, mit son
bonnet de nuit, et s'endormit avec le doux espoir de
paraître, le lendemain, mieux coiffée que jamais, et
de prouver, par cela même, qu'elle pouvait se passer
de tout le monde.

Quelle fut, à son réveil, sa surprise, en dénouant
son bonnet, de voir presque toutes les papillotes
tomber à ses pieds avec la mèche de cheveux que
chacune d'elles renfermait! Elle passe en tremblant
la main sur sa tête, s'élance devant une glace, et reconnaît alors, mais trop tard, que le fer, dont elle
n'avait pas coutume de faire usage, était beaucoup
plus chaud qu'elle ne le pensait, et que tous ses cheveux sont brûlés. Un cri de désespoir lui échappe en
ce moment et attire dans sa chambre tous les domestiques de la maison, qui, à l'exception de la vieille
gouvernante, se disposaient à rire aux éclats; mais
les pleurs de Théonie, qui coulaient en abondance,
les retinrent. M. de Saint-Victor entre aussitôt, également effrayé par le cri qu'il venait d'entendre; moins
discret que tous ses gens, en apprenant ce qui cause
le chagrin de sa fille, il ne peut s'empêcher de rire à
l'aspect de cette jeune tête à moitié tondue, et dont
les cheveux grillés çà et là contrastaient si singulière-
ment avec la figure dont, la veille encore, ils faisaient
le plus bel ornement.

On fut obligé de raser entièrement la tête de Théonie. Pendant plus de six mois elle fut réduite à porter une perruque, qui, quoique parfaitement assortie à la couleur de ses cheveux, était néanmoins très-loin d'être aussi avantageuse à sa figure. Elle sentit alors qu'il est impossible de vivre dans la société sans le secours de ceux qui la composent. Elle avoua tous ses torts envers les personnes attachées au service de son père, les pria de les oublier, et devint aussi douce, aussi indulgente qu'elle avait été jusqu'alors injuste et difficile. Tous reprirent auprès d'elle leurs fonctions accoutumées, et chacun d'eux, trouvant dans l'accueil que lui faisait Théonie la récompense de son zèle et de ses soins, redoubla d'empressement pour exécuter ses ordres et prévenir ses moindres désirs.

Pendant ce temps, les beaux cheveux brûlés repoussèrent, la perruque fut supprimée. Seulement la brûlure faite à son front par le maudit fer à papillotes avait laissé une marque légère dont la trace fut 'neffaçable; et, chaque fois que Théonie se regardait dans une glace, ce signe mémorable semblait lui dire : « Vouloir tout faire est au-dessus de nos forces, et qui que nous puissions être, nous avons tous besoin les uns des autres. »

LE DANGER D'ÉCOUTER AUX PORTES.

De tous les défauts qu'on puisse avoir, la curiosité st celui qui le plus particulièrement dégrade l'âme et ait supporter de pénibles humiliations.

Madame de Volmars, riche veuve d'un officier distingué dans la marine, avait trois enfants : deux garçons nommés Jules et Adolphe, et une fille appelée Claire. Tous les trois faisaient les délices et la consolation de cette mère. Les deux frères se destinaient à suivre la carrière honorable que leur père avait parcourue si glorieusement; et déjà leur ardente imagination n'était remplie que des hauts faits des Duquesne, des Jean Bart et des Duguay-Trouin. Ils étaient venus passer au château de Volmars, situé près de Paris, le mois des vacances accordé aux élèves de l'école de Marine. Leur arrivée avait produit une grande joie, et Claire partageait l'ivresse de sa mère en revoyant les aimables compagnons de son enfance.

Le cœur de Claire était excellent; mille qualités aimables la faisaient remarquer et chérir; mais elles étaient souvent altérées par une curiosité dont rien, jusqu'à ce jour, n'avait pu la corriger.

Cent fois les domestiques l'avaient surprise écoutant ce qu'ils disaient, épiant ce qu'ils faisaient; madame de Volmars elle-même l'avait trouvée plus d'une fois à la porte de son appartement, tandis qu'elle

3

conférait secrètement avec quelqu'un; souvent aussi
elle l'avait surprise cachée dans un cabinet, tapie au
fond d'une armoire, pour être à l'affût de tout ce qui
se passait. Ni la peur ni la confusion n'avaient pu
guérir cette curieuse insatiable. Etait-elle à la promenade, son attention à écouter tout ce qui se disait
autour d'elle était si forte, qu'elle ne pouvait répondre aux différentes questions qu'on lui faisait, ni profiter d'aucune observation de sa mère.

Déjà madame de Volmars avait inutilement essayé
de corriger dans sa fille ce défaut, qui nuisait évidem-
ment à son bon naturel et à l'amabilité de son caractère : elle sentit que les avis et la patience sont im-
puissants pour rompre une habitude enracinée. Elle
résolut donc d'employer tout ce qui pouvait frapper
fortement l'imagination de Claire. Un soir d'été qu'elle
l'avait conduite au jardin des Tuileries, que remplissait un nombre infini de promeneurs, Claire était si
obstinément occupée à écouter tous ceux qui par-
laient autour d'elle, que madame de Volmars, décidée
à lui donner une leçon, leva le siége et la laissa seule
au milieu d'une foule innombrable, et sans autre
appui qu'un ancien domestique à qui elle avait confié
son secret, et qui, caché derrière un arbre, était
chargé d'examiner l'embarras où se trouverait la
jeune curieuse, et de la suivre sans qu'elle s'en
aperçût.

Claire, fatiguée de prêter l'oreille à ce qu'on disait
et redisait à ses côtés, regarde autour d'elle; interdite, tremblante, elle cherche partout sa mère, et, se

trouvant abandonnée au milieu de tant de monde, ne sachant quel parti prendre, elle laisse échapper des larmes de dépit et de crainte. Aussitôt elle est entourée de plusieurs personnes, dont les questions multipliées ajoutent encore à sa confusion.

Elle voudrait dire son nom, elle n'ose ; elle s'éloigne, revient, s'éloigne encore, cherche des yeux, et ne peut croire que madame de Volmars l'ait jetée dans un embarras si cruel ; enfin, fatiguée des mille et mille questions des uns, piquée et confuse des éclats de rire des autres, elle se détermine à sortir des Tuileries et à regagner seule le quartier du Luxembourg, qu'elle habitait. En approchant de la grille, elle rencontre l'ancien domestique qui de loin s'était attaché à ses pas ; aussitôt elle court vers lui, implore son secours, lui raconte son étrange aventure et lui confie toutes les inquiétudes que lui donnait cette brusque disparition de sa mère. Un sourire échappé à ce digne homme rassure la jeune abandonnée, qui, devinant alors que madame de Volmars n'avait eu d'autre but que de la corriger, se rend à pied jusqu'à l'hôtel avec le vieux serviteur. Elle y reçut la plus vive remontrance, et la certitude d'éprouver le même abandon, toutes les fois que son penchant à la curiosité l'entraînerait jusqu'à négliger la conversation de sa mère pour ne s'occuper que de ce que disaient entre eux des étrangers dont l'entretien pouvait quelquefois être dangereux.

Madame de Volmars s'était flattée en vain que cette aventure pourrait corriger Claire : sa curiosité trouva

surtout de quoi l'exercer pendant le séjour que Jules
et Adolphe firent au château. A chaque instant, ils la
rencontraient suivant leurs pas, épiant leurs démar-
ches, écoutant leurs moindres entretiens. Déjà ils
avaient essayé de la corriger par plusieurs espiègle-
ries si familières aux écoliers. Un jour entre autres
qu'ils étaient dans leur appartement occupés à jaser
ensemble, ils aperçurent, derrière la porte entr'ou-
verte, le bout d'une petite jupe blanche que le vent
poussait du côté de la boiserie. Convaincus que l'incorrigible les espionnait encore, ils se font signe, et
se promettent de s'en venger. Adolphe se lève doucement, s'avance sur la pointe du pied vers la porte et
la ferme brusquement : par ce moyen, la jupe de
Claire se trouve engagée au point qu'il lui fut impossible, malgré tous ses efforts, de s'arracher du piége
où elle était prise. Crier, c'eût été divulguer de nouveau sa curiosité et faire rire à ses dépens; rester
ainsi clouée, quelqu'un pouvait passer dans le corridor et reporter à madame de Volmars la situation
coupable où elle se trouvait : elle prit en conséquence
le parti de quitter ses vêtements et de se sauver en
chemise dans son appartement. Comme elle parcourait ainsi le corridor du château, elle aperçoit tout au
bout un des jardiniers, qui, venant au-devant d'elle,
se met à crier en riant à gorge déployée : « Ah! mon
Dieu, quoi qu' c'est que c' fantôme-là?... » Claire,
honteuse et hors d'elle-même, revient aussitôt sur ses
pas, gagne un escalier dérobé et arrive enfin, toujours
en chemise et transie de froid et de frayeur, chez la

femme de chambre de sa mère. Celle-ci, surprise et se moquant d'elle à son tour, alla lui chercher d'autres vêtements. Quelques instants après, Claire reparut au salon et eut à supporter les railleries de ses deux frères et les nouveaux reproches de madame de Volmars, à qui les deux espiègles avaient remis la défroque de la curieuse.

Un autre jour, c'était à la fin de l'automne, madame de Volmars, voulant donner à ses deux fils une fête avant leur départ pour l'école de la Marine, avait invité à une soirée toute la jeunesse des environs. Claire avait, ce jour-là, une toilette élégante et recherchée. Déjà un grand nombre de personnes s'étaient réunies dans le salon. Jules et Adolphe étaient encore dans leur appartement, et s'occupaient à faire voir leurs cartes marines et leurs dessins à plusieurs jeunes gens du voisinage. Un léger bruit que fit la clef de la porte leur donna la certitude que l'incorrigible regardait par le trou de la serrure.

Jules, qui joignait à l'espièglerie de son âge l'attachement le plus vrai pour sa sœur, voulant à son tour la corriger d'un défaut aussi abject que dangereux, feignit de sortir un instant. Aussitôt Claire s'éloigne avec la rapidité de l'éclair. Jules, qui s'était muni d'un morceau de pastel noir et d'une lumière, après avoir fermé la porte en sortant, écrit au-dessus du trou de la serrure, et en renversant l'ordre des lettres, ces deux mots : *Curieuse incurable.* Il rentre aussitôt, referme la porte, et se remet de nouveau à jaser et à rire avec ses amis. A peine la conversation

avait-elle recommencé, que la jeune personne revint
furtivement écouter ce qu'ils disaient. Comme elle
s'aperçut qu'on avait ôté la clef de la serrure, elle re-
garda ce qui se passait dans l'appartement; et, pour
cela, appuyant sa tête justement à l'endroit où Jules
avait tracé l'inscription, ces deux mots, *curieuse incurable*, se trouvèrent empreints sur son front. Claire,
qui était loin de s'en douter, le corridor étant en ce
moment très-obscur, descendit quelques instants après
au salon, où ses deux frères et tous leurs amis étaient
rassemblés.

Dès que madame de Volmars eut aperçu le tour
qu'on avait joué à sa fille, elle en ressentit une joie
secrète, et recommanda à chacun de ne point détrom-
per la curieuse. En effet, pendant plus de deux heures, Claire dansa, portant partout et présentant à tout
le monde l'indication de son vilain défaut. Cependant
elle s'apercevait que telle personne qu'elle abordait
réprimait un grand éclat de rire; que telle autre, en
la désignant, parlait bas à l'oreille de son voisin et
semblait s'amuser à ses dépens. Surprise, inquiète,
elle croit que quelque chose est dérangé dans sa
parure; elle va se regarder dans une glace, aperçoit
l'inscription fatale, et reconnaît qu'elle est le jouet de
toute l'assemblée. Elle jette un cri de surprise et de
frayeur, s'enfuit, s'enferme dans sa chambre, où elle
s'obstine à rester, quelques sollicitations qu'on lui fît
de reparaître.

Jules, en avouant qu'il était l'auteur de cette espiè
glerie, parut désolé de la forte impression qu'elle

avait faite sur sa sœur. Vingt fois il se rendit à la porte de sa chambre, et la supplia de descendre au salon; il ne put rien obtenir que cette réponse : « Jamais je n'oublierai ce tour abominable; on ne me reverra point... » En effet, la soirée continua et se termina sans sa présence. Madame de Volmars consola Jules de son chagrin, en lui faisant sentir l'importance du service qu'il rendait à sa sœur; mais, afin de ne pas nuire à l'amitié qui existait entre eux, elle lui recommanda et fit promettre à toute l'assemblée de ne point nommer à Claire l'auteur de cette forte et salutaire leçon.

Le lendemain, Claire se rendit auprès de sa mère. Le dépit et la honte avaient fait place à la réflexion. Loin de se plaindre et de murmurer, elle embrassa madame de Volmars avec une expression et un calme étonnants; elle lui avoua qu'elle avait passé la nuit entière à considérer les dangers et le ridicule auxquels l'avait exposée son insatiable curiosité. Elle protesta que jamais elle ne prêterait l'oreille à rien de ce qu'on pourrait dire, à rien de ce qu'on pourrait faire; enfin elle termina en suppliant sa mère de lui désigner celui des jeunes gens qui était l'auteur de l'inscription, dont quelques traces étaient encore sur son front, affirmant qu'elle le regardait comme son meilleur ami, et qu'elle l'aimerait toute sa vie.

Madame de Volmars, surprise et attendrie jusqu'aux larmes, embrassa mille fois son aimable fille, et, faisant entrer Adolphe et Jules, elle lui présenta ce dernier comme l'inventeur de l'inscription. « Je m'en

doutais! s'écria Claire en se jetant dans ses bras!
Qu'il m'est doux de lui devoir un aussi grand service
et de trouver dans mon frère aîné mon ami le plus
cher! » Jules, ému, pressa également sa sœur contre
son sein. Il demanda à sa mère de vouloir bien, avant
leur départ pour l'école de la Marine, dédommager
Claire du plaisir dont elle avait été privée. Madame
de Volmars s'empressa de satisfaire à cette demande
si légitime : dès le surlendemain, la fête fut renouvelée.

Aussitôt que la jeune personne parut, conduite par
son frère bien-aimé, tous les yeux se fixèrent sur
eux; de nombreux applaudissements retentirent de
toutes parts; on savait gré à la jeune fille d'avoir sur-
monté l'humeur et le ressentiment qu'avait dû lui
causer une si sévère leçon, et l'amitié qu'elle témoignait à son frère dans cette circonstance était la plus
sûre marque de son excellent cœur et le garant de la
ferme résolution qu'elle formait de renoncer à jamais
à son odieux défaut.

A la place de la fatale inscription, Jules déposa sur
le front de Claire une couronne de roses blanches,
et toute l'assemblée applaudit à cet hommage fra-
ternel.

LE FAUTEUIL DU GRAND-PÈRE.

M. de Lirné, ancien jurisconsulte d'un grand âge,
était depuis longtemps attaqué des infirmités de la
vieillesse; ce qui souvent le forçait à rester dans un
fauteuil où il recevait les soins et toutes les marques
de la tendresse que lui portait madame de Rainefort,
sa fille unique, veuve depuis cinq ans d'un capitaine
d'artillerie, mort au champ d'honneur.

Madame de Rainefort avait deux enfants : un fils
âgé de douze ans, nommé Stéphane, et une fille, son
aînée d'un an, appelée Alphonsine. Ces deux enfants
se ressemblaient par les traits du visage et le son de
la voix; mais ils étaient loin d'avoir le même caractère et les mêmes penchants. Stéphane, vif, enjoué,
caressant, trouvait tout à son gré, ne témoignait
jamais d'humeur, traitait également le pauvre et le
riche, le faible et le puissant; ni l'orgueil ni l'égoïsme
n'avaient pu trouver accès dans son cœur. Ne distinguer les hommes que par leur mérite, ne s'attacher
qu'à leur bonté, qu'à leur affabilité, telle était la
devise de Stéphane; tel était le fruit de ses nombreux
entretiens avec son grand-père, dont il préférait souvent la société à celle des jeunes gens de son âge et
aux cercles les plus brillants.

Alphonsine, au contraire, ne s'attachait qu'aux
dehors qui charmaient les yeux; la beauté de sa

taille et le charme de sa figure lui faisaient croire que
rien ne pouvait leur être comparé. Sa fierté ne lui
faisait trouver de charmes que dans le luxe et
l'élégance; elle n'attachait de prix qu'aux objets rares
qui annonçaient l'opulence. Cultiver les talents, former son éducation, orner son âme des vertus qui font
le plus chérir et respecter son sexe, tout cela n'était
pour Alphonsine que fastidieuses inutilités, que
temps perdu, consacré entièrement à l'ennui.

Parmi les meubles riches et recherchés qui paraient
le salon de madame de Rainefort, se trouvait un ancien fauteuil de bois de hêtre, garni d'un vieux cuir
rouge, attaché par des clous autrefois dorés, et qui
n'offraient plus qu'un métal noirâtre, entre lesquels
paraissait çà et là un reste de franges antiques, où la
poussière se tenait obstinément attachée. Ce grand
fauteuil, monté sur quatre roulettes, et dont le dos se
renversait à volonté au moyen d'une double crémail-
lère, était le siége accoutumé du respectable M. de
Lirné. Il s'y trouvait bien plus à l'aise que dans les
meubles modernes, dont la recherche et l'élégance lui
paraissaient aussi gênantes que ridicules.

Stéphane, qui ne voyait dans ce meuble gothique
qu'un lieu de repos où son grand-père oubliait souvent ses infirmités, prenait plaisir à le conserver, à le
raccommoder, en un mot, à y ajouter tout ce qui
pouvait contribuer au plaisir et à l'aisance du véné-
rable vieillard.

L'hiver commençait-il, Stéphane adaptait au som-
met du fauteuil de son grand-père une draperie qui

préservait de la moindre froidure sa tête chauve et ses
organes affaiblis par les ans; les beaux jours commen-
çaient-ils à renaître, Stéphane ornait le devant du
fauteuil d'une petite tablette de bois de noyer, sur
laquelle il déposait chaque jour des fleurs printa-
nières, dont la vue et le parfum ranimaient le vieillard, en lui offrant le souvenir de ses belles années
Souvent M. de Lirné était ainsi roulé par son petit-fils
aux rayons du soleil, qui le réchauffaient et lui rendaient sa force et sa gaieté; souvent aussi, après
plusieurs circuits, il s'endormait dans son fauteuil, le
sourire sur les lèvres, et paraissant bénir l'aimable
enfant qui se plaisait, par tant de soins et d'égards, à
prolonger ses jours, à embellir la fin de sa carrière.

Alphonsine était loin de partager les devoirs que
son frère rendait à leur aïeul. Jamais elle n'avait
roulé une seule fois l'énorme et antique fauteuil,
jamais elle n'y avait déposé la moindre fleur: son plus
grand supplice, au contraire, était de voir ce vieux
siège faire une disparate aussi grande avec les beaux
meubles de riches étoffes et de bois d'acajou qui remplissaient le salon. Cent fois, si elle l'eût osé, elle eût
brisé ce vieux fauteuil qui humiliait sa vanité : « Oui,
dit-elle un jour dans son dépit, dès que mon grand-
papa ne sera plus, je fais brûler son vieux fauteuil. »

M. de Lirné, dont les organes n'étaient pas entièrement affaiblis, avait remarqué l'antipathie d'Alphonsine pour son meuble chéri; il avait même entendu
ces paroles dures et pénibles : « Dès que mon grand-
papa ne sera plus, je fais brûler son vieux fauteuil. »

Ces mots coupables pesaient sur son cœur, et il
résolut de donner à sa petite-fille une leçon dont elle
conservât longtemps le souvenir.

Sous le coussin de ce fauteuil, M. de Lirné avait
fait pratiquer, à l'insu de tout le monde, une cassette
dont lui seul avait la clef, et où il déposait tout ce
qu'il avait de plus précieux.

.Un jour, Alphonsine, invitée pour le soir à une fête
où devaient se réunir les femmes les mieux mises de
sa société, se plaignit hautement de n'avoir pas une
robe assez élégante; elle désirait surtout une garniture de fleurs artificielles, ainsi qu'elle en voyait porter à toutes les jeunes personnes de son rang et de sa
fortune; mais madame de Rainefort, qui voulait habituer sa fille à une sage économie, avait fixé ses mois
de dépense à une certaine somme qu'Alphonsine avait
dissipée d'avance. Il était donc irrévocablement
décidé que la jeune étourdie irait à la fête avec une
simple robe de crêpe blanc. Désolée d'avoir dépensé
tout son mois en bagatelles, Alphonsine exprimait
son chagrin devant son grand-père, qui feignit de n'y
pas faire attention.

Quelques heures après, elle rentra dans l'appartement de M. de Lirné, à qui elle peignit de nouveau ses
regrets et son désespoir. « Eh bien! ma petite, dit le
respectable vieillard en souriant, pour te consoler de
n'avoir pas une toilette plus recherchée, sois une fois
utile à ton grand-père; prends cette clef, et oblige-
moi d'ouvrir le dessous de mon fauteuil; là, de ce
côté... » Alphonsine rougit, hésite, et s'imagine qu'i

est peut-être question d'enlever certain vase mystérieux qui se trouve ordinairement sous les meubles
de cette espèce. Elle veut s'excuser, elle feint de ne
pouvoir ouvrir la serrure; le vieillard jouit de sa
méprise. Enfin, détournant la tête, elle ouvre d'une
main tremblante le dessous du fauteuil... et aperçoit
une jolie corbeille parfumée, couverte de satin bleu,
qui contenait une garniture complète en roses blanches, dont l'élégance égalait la fraîcheur. Elle comprit
alors l'aimable leçon de son grand-père, avoua que
jamais surprise ne lui avait été plus agréable, et courut aussitôt faire poser sur sa robe de crêpe le coquet
ornement auquel elle était loin de s'attendre.

Mais l'antipathie d'Alphonsine pour le vieux fauteuil
ne fut pas encore entièrement détruite; elle ne pouvait s'accoutumer à le voir figurer parmi les causeu-
ses et les fauteuils modernes dont il était entouré
dans le salon. Elle n'osait plus exprimer tout haut
son aversion pour ce meuble; mais, dès que M. de
Lirué ne l'occupait plus, elle le cachait dans un coin
de l'appartement, et mettait devant lui tout ce qui
pouvait le dérober à la vue. Une aventure assez singulière vint dissiper à jamais la répugnance d'Alphonsine, et lui rendre précieux le fauteuil du grand-
père.

On était dans le carnaval. Alphonsine devait se
montrer, déguisée en vieille, chez une de ses amies,
où un grand nombre de jeunes personnes de son âge
se réunissaient. La robe à larges plis sur le dos, les
longues manchettes à trois rangs, le bonnet à papil-

lon, les chaussures à talon, et sur la figure un mas-
que malin et couvert de rides, rien de manquait à son
travestissement; et, quoique à peine au printemps de
l'âge, on l'eût prise pour une vieille de soixante-dix
ans. Sa mère avait présidé avec plaisir à cette masca-
rade, et le jeune Stéphane, déguisé en jockey élégant,
devait porter la queue de la vieille baronne, et faire
avec elle une entrée triomphale dans la brillante et
joyeuse réunion où ils étaient attendus. Il avait été
convenu expressément que les pères et mères n'y seraient point admis, et que la dame seule de la maison
veillerait sur cette jeunesse folâtre, qu'on voulait voir
une fois livrée à elle-même.

Alphonsine, pour qu'il ne manquât rien à son déguisement de vieille baronne, avait eu l'indiscrétion
de prendre, à l'insu de tout le monde, des boucles
d'oreilles de diamants d'un assez grand prix, qu'elle
déroba dans le secrétaire de madame de Rainefort. En
arrivant au bal chez son amie, elle s'en para : ce qui
compléta l'illusion de son costume. Son amour-propre
était flatté, sa joie extrême; elle se livra donc au
plaisir de la danse et à mille jolis petits jeux qui s'y
entremêlèrent, avec l'ivresse et l'étourderie de son
âge. Enfin minuit sonna : c'était l'heure fatale que
tous les parents avaient désignée pour se séparer :
comme elle parut arriver vite!... Alphonsine et
Stéphane, conduits par un ancien domestique, mon-
tèrent en voiture et se rendirent chez leurs parents,
qui, en ce moment, reposaient. Mais quel coup terrible pour la jeune personne lorsque, en s'approchant

de son miroir pour se déshabiller, elle s'aperçut qu'il lui manquait une des boucles d'oreilles de sa mère! Elle jette un cri perçant et fond en larmes : le bon petit Stéphane retourne aussitôt dans la maison où la scène avait eu lieu; il cherche partout, s'informe, mais en vain : on ne put jamais retrouver ce bijou. « Que dira ma mère? s'écriait Alphonsine; que je suis cruellement punie de mon indiscrétion! Comment réparer une perte aussi grande? — Il faudrait peut-être... deux mille écus! ajoutait Stéphane; comment as-tu donc osé prendre, à l'insu de ma mère... J'ai cru que c'était elle qui t'avait prêté cette riche parure; songe au chagrin que lui causera ta vanité, la fatale imprudence : oh! ma sœur, combien tu es coupable! »

Ces deux pauvres enfants passèrent la nuit dans la plus terrible agitation; il fut impossible, surtout à Alphonsine, de fermer l'œil un seul instant; elle croyait sans cesse entendre les justes reproches de sa mère. Le lendemain, on prit pour fatigue de la soirée l'abattement qu'on remarquait sur la figure du frère et sur celle de la sœur; plusieurs jours se passèrent. Cependant Stéphane, pressé de questions par son grand-père, qui s'aperçut aussi de l'altération de ses traits, lui avoua le malheur d'Alphonsine, et lui peignit son désespoir. « Eh bien! tâche de me procurer, dit aussitôt M. de Lirné, l'autre boucle d'oreilles de ta mère, mais à l'insu de tout le monde, et surtout de ta sœur. Va, mon cher enfant, et calme tes inquiétudes. » Stéphane obéit à l'instant même, et suivit de point en point ce que son grand-père lui avait ordonné.

Quelque temps après, Alphonsine, présumant que sa mère, invitée à un grand dîner d'étiquette, ne manquerait pas de vouloir mettre ses boucles d'oreilles, et qu'alors elle s'apercevrait du cruel accident qui était arrivé, vint confier à M. de Lirné tout son tourment. Le vieillard était en ce moment assis dans son fauteuil, que Stéphane s'amusait à rouler dans le salon. Au récit douloureux d'Alphonsine, il se mit à sourire; et, lui remettant de nouveau sa clef, il lui dit d'ouvrir le dessous du fauteuil; ce que la jeune personne fit cette fois sans hésiter et avec le plus vif empressement : elle ouvre, et le premier objet qui frappe sa vue, c'est l'écrin de sa mère contenant une boucle d'oreilles neuve, et tellement semblable à l'autre, qu'il était impossible de distinguer la nouvelle de l'ancienne. Alphonsine crut d'abord que c'était le premier bijou qu'on avait retrouvé; mais Stéphane lui expliqua tout le mystère, et la jeune étourdie apprit que c'était à la générosité, à la tendresse de son grand-père, qu'elle devait un événement aussi heureux. Stéphane courut aussitôt replacer l'écrin dans le secrétaire de sa mère, qui ne se douta de rien. Alphonsine, joyeuse, mais plus reconnaissante encore, se jeta dans les bras de M. de Lirné; et ce bon père, la pressant sur son cœur, lui dit avec la plus touchante expression : « Quand je ne serai plus, ne brûle pas mon vieux fauteuil. »

LES DEUX MONTRES.

M. de Saint-Alban, riche propriétaire, avait deux filles, dont les goûts ne se ressemblaient pas plus que les traits du visage. Clarisse, l'aînée, avait une taille élégante, une figure distinguée; mais elle gâtait tous ces heureux dons de la nature par des minauderies continuelles, de ridicules manies, et surtout par une nonchalance insupportable et la prodigalité la plus folle. Amélie, au contraire, sa cadette d'un an, cachait sous la plus grande modestie une prudence et un discernement qui, plus d'une fois, lui avaient donné sur sa sœur de grands avantages. Briller et se faire remarquer, telle était la devise de l'une; observer et mettre tout à profit, était la jouissance de l'autre.

On touchait au renouvellement de l'année, à cette époque si chère à l'adolescence, où des cadeaux de toute espèce récompensent le travail et la bonne conduite, mais trop souvent aussi proviennent d'une aveugle tendresse et de l'ostentation.

M. de Saint-Alban, dont le caractère vif et minutieux égalait la bonté du cœur, conduisit ses deux filles dans une des plus riches boutiques d'horlogerie de Paris, et leur dit de choisir chacune une montre. Clarisse, parcourant des yeux les plus brillantes, en prit une très-petite, dont l'entourage en diamants l'avait éblouie; sans s'assurer de la qualité de cette

montre, et, malgré les observations qu'on lui fit à cet
égard, elle persista dans son choix, et attacha aussitôt le bijou fragile à une chaîne d'or qu'elle portait à
son cou.

Amélie, au contraire, ne voyait dans l'offre de son
père que l'avantage de savoir fidèlement l'heure à
laquelle il avait l'habitude de faire telle ou telle chose,
et, par ce moyen, de l'empêcher d'attendre jamais un
seul instant. Elle se borna à prier l'horloger de lui
donner une montre simple, mais dont le mouvement
fût invariable. Le marchand la servit au gré de ses
désirs, et lui remit une montre dont tout l'ornement
consistait dans la sûreté du mécanisme. La jeune personne l'attacha de même à une chaîne des cheveux
de son père, qu'elle ne quittait jamais. Quelques jours
après, Clarisse se fit attendre au déjeuner qui avait
lieu à dix heures précises : il fallut l'aller chercher
dans sa chambre; et lorsqu'à son apparition M. de
Saint-Alban lui eut fait quelques reproches, elle répondit, avec sa nonchalance accoutumée : « C'est que
ma montre retarde. »

Peu de temps après, M. de Saint-Alban, devant
réunir à dîner plusieurs de ses amis, dont quelques-
uns avaient des fonctions importantes qui les obli-
geaient à la plus grande ponctualité, recommanda à
ses deux filles de faire leur toilette de manière à
paraître au salon à quatre heures sonnantes. Amélie,
dont la montre était exacte, s'y rendit avant l'heure
indiquée, et reçut, avec sa grâce ordinaire, les amis
de son père, qui tous furent fidèles au rendez-vous.

Quatre heures sonnèrent, Clarisse n'avait pas encore paru; M. de Saint-Alban, surpris, monte à l'appartement de sa fille, et la trouve occupée à son piano, dans le plus grand négligé. « Eh quoi! ma fille, lui dit-il, vous êtes encore dans votre habit du matin? — Oh! mon père, répondit-elle nonchalamment, j'ai plus de temps qu'il n'en faut : il n'est pas encore trois heures. Il en est quatre sonnées, reprit vivement M. de Saint-Alban, et nous allons nous mettre à table. »

En disant ces mots, il sortit brusquement, et laissa Clarisse qui, pour toute réponse, répétait : « C'est que ma montre retarde. » Cependant elle s'habille à la hâte; mais, comme la vanité était un de ses défauts habituels, elle ne parut au dîner qu'au moment où l'on allait servir le dessert, répétant à tous ceux qui lui témoignaient le regret de ne la voir qu'un instant : « Excusez-moi, Messieurs, c'est que ma montre retarde. »

M. de Saint-Alban, dont le caractère bouillant ne pouvait s'accommoder de cette insouciance, et surtout du ton impertinent qui l'accompagnait, se promit de donner à Clarisse de fortes leçons, et d'attaquer son amour-propre en même temps que sa sensibilité.

Il avait, auprès du château de Saint-Cloud, une maison de campagne où l'élégance le disputait à la richesse. C'était, tous les dimanches, le rendez-vous d'une société nombreuse et choisie. Plusieurs personnes, que leurs occupations ne rappelaient pas à Paris

le lundi matin, y restaient souvent à coucher; et le
lendemain il était d'usage d'aller déjeuner à une ferme
qui se trouvait auprès du village de Ville-d'Avray,
dont le site, embelli par des bois spacieux et percés
avec art, offre un aspect ravissant. M. de Saint-Alban,
ayant en tête son projet, prévient, le soir, toutes les
personnes qui devaient être de cette promenade, que
l'on partirait à huit heures précises, afin d'éviter la
chaleur. Il recommanda aux domestiques, et surtout
à Amélie, de laisser faire Clarisse, et se contenta de
lui répéter au moment où elle alla se coucher : « Surtout, ma fille, soyez prête à partir avec tout le
monde; n'oubliez pas que c'est à huit heures, et que
je n'attends jamais. »

Clarisse, qui comptait étaler le lendemain une
élégante toilette du matin, monta sa jolie montre avec
la plus grande précaution, la mit à l'heure sur la pendule du salon, et se retira dans son appartement. Mais
le joli bijou, dérangé dans ses mouvements par la
négligence continuelle que mettait à le monter la
jeune indolente, retarda cette nuit-là plus encore qu'à
l'ordinaire. Au moment où Clarisse se réveilla, la
montre perfide n'indiquait que six heures, tandis
qu'il en était huit passées. Elle se rendormit donc
tranquillement, et ne se réveilla qu'à l'instant où sa
montre marquait près de huit heures. Elle se jette
hors du lit, s'habille promptement et descend au
salon; mais quelle est sa surprise d'apprendre qu'il
est près de dix heures, et que tout le monde est parti
depuis longtemps! Elle gémit, elle pleure, maudit

cent fois la montre charmante, invite les domestiques
à la conduire, même à pied, à la ferme de Ville-
d'Avray, où la société se trouvait réunie; mais des
ordres contraires avaient été donnés : il fallut se
résoudre à rester et se voir privée de cette délicieuse
promenade.

Enfin, M. de Saint-Alban rentra sur les quatre heures, accompagné de tous ses amis et d'Amélie, dont
la figure respirait la joie et le bonheur : ce qui annonçait qu'il lui était arrivé quelque agréable aventure.
« Oh ! ma sœur, lui dit Amélie en l'abordant, combien
tu as perdu de ne pas être de la partie ! Jamais je n'en
ferai d'aussi charmante, et surtout de plus heureuse...
En nous promenant dans les bois de Ville-d'Avray,
nous aperçûmes de loin la chasse de plusieurs princes,
à laquelle assistait un grand nombre de seigneurs de
la cour. Les environs retentissaient des fanfares les
plus gaies. Attirés par le désir de voir de près la halte,
nous traversâmes d'épais taillis, et nous découvrîmes,
au milieu d'une grande salle de verdure, une jeune
dame en amazone, que son cheval venait de désar-
çonner et qui paraissait être sans connaissance. Nous
courons vers elle, je la prends dans mes bras, je re-
lève sa tête charmante, et réchauffe ses mains glacées
contre mon sein. Bientôt elle ouvre ses beaux yeux,
et, pour m'exprimer sa reconnaissance des secours
que j'avais eus tant de plaisir à lui donner, elle
détache de son cou cette chaîne d'or à laquelle est
suspendu ce portrait entouré de brillants, en me
disant avec l'expression la plus aimable : « N'oubliez

pas, toutes les fois que vous regarderez cette image du chef de l'Etat, que vous avez secouru quelqu'un de sa famille... » A peine avait-elle prononcé ces mots, qu'un grand nombre d'officiers et de seigneurs accoururent, entourèrent la princesse, qui voulut absolument savoir mon nom, celui de mon père, l'endroit précis de notre maison de campagne, et nous dit en montant en voiture : « J'irai demain vous remercier, aimable et généreuse Amélie. Les soins dont vous m'avez comblée ne sortiront jamais de mon souvenir. »

Ce récit mit le comble aux regrets de Clarisse. Dès ce moment, elle quitta sa montre brillante et promit de ne la porter de sa vie. Mais son dépit et son chagrin augmentèrent bien plus encore lorsque, le lendemain, la princesse, accompagnée de plusieurs dames de sa suite, vint renouveler à Amélie l'expression de sa reconnaissance. Elle lui dit qu'elle serait heureuse de la recevoir dans son palais à Paris, et qu'elle ne se croirait jamais quitte envers elle.

Clarisse, à ces mots, sentit redoubler ses regrets et répétait tout bas : « Faut-il que ma montre ait ainsi retardé!... » La princesse, remarquant son trouble, demanda qui elle était. « C'est ma sœur, reprit Amélie, que j'ai l'honneur de présenter à Votre Altesse. — Il paraît, ajouta la princesse, que Mademoiselle n'aime pas la promenade? — Pardonnez-moi, Madame, reprit M. de Saint-Alban en regardant sa fille avec un sourire ironique; c'est que sa montre retarde... »

La princesse se fit expliquer cette énigme, s'amusa

beaucoup de la confusion de Clarisse, l'invita à changer sa jolie montre, qui l'avait si cruellement trahie, contre une autre plus simple, mais plus exacte, et lui dit avec la plus touchante bonté : « Je donne demain à déjeuner à votre charmante sœur au lieu même où j'ai reçu d'elle les secours les plus empressés ; j'ose croire que vous voudrez bien l'accompagner, et, de crainte que votre *montre ne retarde encore*, j'invite l'aimable Amélie à vous donner la sienne, qui paraît très-bonne, et la prie d'accepter en échange celle que je porte à mon cou, et qui n'a jamais varié d'une minute... » Après cette dernière marque de sa munificence, la princesse regagna sa voiture. Clarisse resta convaincue que non-seulement la paresse nous ravit parfois les plus heureux moments de notre vie, mais encore que la nonchalance et la coquetterie occasionnent toujours des privations et des regrets.

LA PETITE VÉROLE.

Nos penchants et nos goûts changent avec l'âge ; tels qui s'aimèrent dans l'enfance se traite avec froideur devenus adolescents, et finissent quelquefois par se haïr dans l'âge mûr. Cette pénible idée, fondée trop souvent sur l'expérience, nous avertit de nous tenir en garde contre nos affections, et de laisser à nos parents le soin de nous diriger dans le choix de nos premières liaisons.

M. de Beauvallon, dont l'immense fortune égalait les hautes dignités, habitait le premier et le second étage d'un hôtel de Paris, dont le rez-de-chaussée était occupé par M. de Bonneval, ancien militaire retiré du service, et propriétaire de ce même hôtel. Le troisième étage avait pour locataire M. Bertrand, homme de lettres très-distingué, dont la fortune était médiocre, et qui ne devait qu'à un travail opiniâtre son existence et celle de sa famille.

M. de Bonneval possédait, derrière son hôtel, un jardin magnifique dont lui seul avait la jouissance. Evelina, sa fille unique, y attirait souvent ses deux petites voisines, Mirza, fille de M. de Beauvallon, et Zoé, fille de M. Bertrand. Toutes les trois à peu près du même âge, et en quelque sorte élevées ensemble, s'aimaient depuis l'enfance, et passaient dans le jardin tous les instants dont elles pouvaient disposer. Poupées, joujoux, bonbons, tout était en commun : on ne connaissait ni les rangs, ni les distances : rire, chanter, sauter, se distribuer mille caresses, partager entre elles les fruits, les fleurs, en un mot ce bonheur de l'enfance, le premier et le plus pur de la vie, telle était la douce existence des trois petites amies, qui jusqu'à l'âge de douze ans ne s'étaient pas séparées un seul jour : aucune des trois ne pouvait se passer des deux autres.

M. de Beauvallon était parvenu au plus haut rang dans la finance, tant par ses vastes conceptions que par les nombreux services qu'il avait rendus à l'État. Bientôt il reçut chez lui tous les grands de la capitale, et sa société devint aussi brillante que recherchée.

M. Bertrand, au contraire, se ressentant des troubles civils et de la stagnation funeste où se trouvaient les beaux-arts, qui ne florissaient plus en France, avait vu décroître chaque jour sa modique fortune, et s'évanouir l'aisance et le bonheur.

Quant à M. de Bonneval, riche sans ostentation, ennemi de toutes spéculations contraires à l'ordre social, n'ayant d'autre ambition qu'une honnête obscurité et le bonheur de sa fille, il n'avait vu ni diminuer ni croître sa fortune; aussi le ton de sa maison était-il toujours le même. Son plaisir se bornait à recevoir quelques amis sûrs, dont les talents et l'érudition pouvaient contribuer à l'éducation de sa chère Evelina.

De tous ses amis, M. Bertrand était celui dont il recevait le plus de preuves d'un sincère attachement; il regardait la jeune Evelina comme sa seconde fille, l'admettant à toutes les leçons qu'il donnait à Zoé, et lui prodiguant ses soins et sa tendresse. De son côté, M. de Bonneval répondait à ces égards en adoucissant, avec toutes les précautions que suggère la délicatesse, l'état de gêne où se trouvait souvent son respectable locataire.

Mais la fortune ne permit pas que les trois petites amies conservassent la douce intimité de leur enfance; elle leur fit entrevoir les distances établies

4

entre ceux qu'elle favorise ou qu'elle accable : parvenues à l'âge de douze à treize ans, Mirza et Evelina furent atteintes de cette vanité si dangereuse et si commune, de cet amour-propre, de ce désir de briller, qui bientôt leur fit négliger la simple et timide Zoé. Le plaisir d'échanger ensemble un joli collier, un élégant chapeau, un riche éventail et mille autres objets, leur parut préférable aux touchants entretiens de la troisième amie, qui, toujours la tête nue, les cheveux retroussés sous un petit peigne d'écaille, et vêtue d'une simple robe d'indienne, n'avait rien à leur offrir en échange de tout ce qu'elles possédaient. Peu à peu son amitié devint un fardeau pesant; ses prévenances fatiguèrent; son instruction surtout parut ridicule. Enfin on évita sa présence, on la laissa seule au jardin; on fut même jusqu'à l'accuser de le dégarnir quelquefois de ses plus belles fleurs et de ses meilleurs fruits.

Zoé, dont la douceur était inaltérable, ne répondit à tous ces outrages que par le silence et la résignation. Elle ne descendait plus au jardin que le matin, avant le lever des deux inséparables, prétextant toujours, pour s'en défendre, une raison qui, en écartant jusqu'au moindre soupçon, les mît l'une et l'autre à l'abri de tout reproche et de tout embarras. Cependant la tristesse se peignit, malgré Zoé, sur sa douce figure; la fraîcheur de son teint se couvrit d'une pâleur remarquable; son enjouement et ses aimables saillies firent place à une rêverie continuelle, qu'interrompaient seulement quelques soupirs.

Un aussi grand changement n'échappa point à la vigilance paternelle. M. Bertrand voulut en savoir la cause, et quoique sa fille persistât à lui en faire un mystère pour épargner encore ses deux jeunes amies, il découvrit bientôt que leur injustice et leur ingratitude étaient l'unique cause du chagrin qui consumait Zoé. Vainement il chercha avec adresse à ramener Evelina aux devoirs de l'amitié ; elle ne répondit à ses efforts qu'avec froideur et dédain : tantôt elle manquait d'assister aux leçons que M. Bertrand donnait à sa fille ; tantôt elle y apportait cet ennui, cette nonchalance qui faisaient souffrir encore davantage l'honorable et généreux instituteur. Il se crut alors dans l'obligation d'en instruire M. de Bonneval, qui d'abord voulut crier et punir sa fille de son ingratitude. « Croyez-moi, dit M. Bertrand à son ami, laissons Evelina se livrer à tout l'éclat trompeur qui l'éblouit en ce moment ; elle ne tardera peut-être pas à s'en rassasier. Ne la corrigeons que par elle-même. »

En effet, l'élégante Mirza eut seule, pendant quelques mois, toutes les affections de la jeune étourdie. Se parer à qui mieux mieux, faire et défaire mille chiffons, en varier les formes et les couleurs, exécuter ensemble une sonate à quatre mains, chanter les duos des opéras les plus modernes, étudier les pas de la danse du jour, telles étaient les seules occupations des deux inséparables. Bientôt la prédiction de M. Bertrand s'accomplit. Evelina, dont le père était aisé, mais sans aucun faste, ne put égaler Mirza en parure, et surtout en bijoux. Cette dernière, gâtée par un père opulent, remplie d'ostentation, était tous les jours comblée de présents au-dessus de son âge : ce qui lui donnait de grands avantages sur Evelina, qui souvent souffrait en secret de cette humiliante supériorité.

Zoé, au contraire, n'avait à supporter aucune distance de rang et de fortune. Uniquement occupée à cultiver les beaux-arts, elle fit dans la peinture des progrès si rapides, que partout on la citait déjà, tandis qu'à peine connaissait-on les deux jeunes étourdies dont elle avait tant à se plaindre.

Un événement inattendu vint, au bout de quelque temps, dessiller les yeux d'Evelina et la ramener à la véritable amitié, qu'elle avait outragée avec tant d'obstination : elle eut la petite vérole. Cette cruelle maladie fit sur elle d'autant plus de ravages, que son sang se trouvait échauffé par les fêtes sans nombre auxquelles elle avait assisté chez le riche et puissant M. de Beauvallon. Elle fut en peu de jours dans le plus grand danger. Zoé, oubliant en ce moment les torts de la pauvre malade, allait à chaque instant s'informer de son état; et, quoiqu'elle n'eût pas encore éprouvé cette contagieuse maladie, et que son père, ennemi de la vaccine, lui eût expressément défendu d'entrer dans la chambre d'Evelina, elle ne pouvait résister aux cris douloureux que poussait à chaque instant l'amie de son enfance. Souvent elle s'approchait d'elle en cachette et lui prodiguait les soins les plus assidus. les plus tendres consolations.

Quant à Mirza, dont l'amitié n'était que feinte, et qui redoutait la petite vérole, quoiqu'elle eût été vaccinée deux fois, non-seulement elle ne mit pas le pied dans l'appartement de la malade, mais elle obtint de son père d'aller passer à la campagne tout le temps qu'Evelina serait atteinte de cette affreuse maladie.

Le danger où se trouvait la jeune fille devint tel, qu'un jour le médecin déclara qu'elle ne passerait pas la nuit suivante si, de quart d'heure en quart d'heure, on ne parvenait à lui faire avaler un certain breuvage dont il prescrivit l'ordonnance. Zoé, présente à cette visite du médecin, éprouva une vive douleur en entendant cet arrêt. Après avoir prodigué à sa jeune amie tous ses soins pendant le reste du jour, elle se retira chez elle, et fit accroire à son père qu'elle allait se mettre au lit; mais ces paroles du médecin : « De quart d'heure en quart d'heure, ou elle est morte... » revenaient sans cesse à son esprit, agitaient et déchiraient son cœur. « M. de Bonneval, se disait-elle, est tellement accablé par les veilles et le chagrin, qu'il ne pourra passer auprès de sa fille la nuit entière. La garde-malade elle-même paraît appesantie et peu disposée à veiller sans relâche; si elle allait s'endormir! Oh! ma chère Evelina!... »

Elle part à ces mots, sort de sa chambre sans bruit et avec la plus grande précaution, descend à l'insu de M. Bertrand, pénètre jusqu'à l'appartement de la malade, s'avance sur la pointe du pied, écoute à la porte, et n'entend rien. Elle ouvre doucement... La garde-malade était endormie dans son fauteuil, et la

pauvre Evelina près d'exhaler le dernier soupir. « O
mon Dieu! s'écria tout bas Zoé, que je vous remercie!
c'est vous qui m'avez inspirée... » Aussitôt elle prend
le vase contenant le médicament ordonné par le
médecin, soulève avec précaution la tête de son amie,
et lui fait avaler la dose prescrite, recommençant
ainsi de quart d'heure en quart d'heure. Dans l'inter-
valle, elle passe bien légèrement sur ses lèvres desséchées, et à travers ses paupières enflammées, une
eau aromatique qu'elle laisse tomber goutte à goutte
au bout d'une plume, pose sur la poitrine et les pieds
d'Evelina des linges dont elle renouvelle à chaque
instant la chaleur, et ranime ainsi par degrés les forces de la mourante.

Cependant M. de Bonneval, après quelques heures
d'un sommeil pénible, s'élance hors du lit, inquiet,
impatient, et vole auprès de sa fille pour étudier par
lui-même son état. En entrant, il trouve Zoé, qui remplissait auprès d'elle les devoirs de sa garde-malade,
et qui, lui faisant signe de s'observer, lui annonce
qu'Evelina respire avec moins de peine : en effet, ses
yeux commencent à s'entr'ouvrir, ses mains sont
moins glacées. M. de Bonneval, ému de joie et de sur
prise, s'approche de la malade, dont l'état plus calme
lui donne l'heureux espoir de la conserver, et jetant
les yeux sur la pendule qui marquait six heures, il
demande à Zoé à quelle heure elle était entrée dans la
chambre de sa fille... « A minuit et demi, lui répondit-elle. Je ne pouvais venir plus tôt, de crainte de
réveiller mon père. — C'est-à-dire, réplique M. de

Bonneval, que vous avez passé toute la nuit auprès
de ma fille. — Oh! bien m'en a pris, ajouta-t-elle, car
j'ai trouvé la garde endormie; et d'après ce qu'avait
tant recommandé le médecin... — Je vous dois mon
Evelina, reprit M. de Bonneval d'une voix plus élevée
et pressant Zoé dans ses bras : oui, c'est à votre
généreuse prévoyance, à votre tendre sollicitude, que
ma chère Evelina sera redevable de la vie, et moi du
bonheur d'être père! »

Comme il parlait ainsi, M. Bertrand, qui s'était
douté que sa fille viendrait visiter la malade pendant
la nuit, entra dans la chambre, et, partageant l'émotion de son ami, il pressa à son tour Zoé contre son
cœur et la félicita de ce qu'elle avait fait... « Non,
vous ne savez pas tout ce que je lui dois, dit d'une
voix faible Evelina, à qui cette scène touchante avait
rendu quelques forces. J'ai suivi tous ses mouvements, ses peines, sa fatigue, et surtout sa tendre
sollicitude : non, il ne fut jamais d'amie plus vraie et
plus sensible... » La vieille garde s'était réveillée pendant cet entretien; elle se confondit en excuses, et
avoua également que la malade devait sa conservation à sa jeune amie. Enfin le médecin entra; dès le
premier coup d'œil jeté sur Evelina, il assura qu'elle
était hors de danger, et qu'il ne resterait même aucune
trace de l'affreuse maladie qui avait menacé ses
jours... « Vous voyez ma libératrice, reprit Evelina
d'une voix un peu plus forte : vivre et n'être pas
défigurée, oh! ma chère Zoé, voilà ce que je te dois. »
Zoé allait de nouveau saisir une main de son amie, et

la presser dans les siennes; mais le médecin l'en empêcha, l'avertissant que la maladie allait arriver à l'époque où son poison s'exhale et se communique facilement; il lui recommanda même de ne plus approcher du lit d'Evelina, jusqu'à ce que celle-ci fût entièrement rétablie.

Mais l'inoculation s'était opérée, et Zoé dut payer le tribut de l'amitié. Dès le soir même, un froid insupportable, un malaise affreux, avant-coureurs ordinaires de cette funeste maladie, s'emparèrent de tous ses sens; deux jours après, la petite vérole se déclara, et cette amie généreuse tomba bientôt dans l'état où s'était trouvée Evelina. Le docteur lui donna tous ses soins. M. Bertrand, craignant que la garde-malade ne s'endormît comme avait fait celle d'Evelina, veillait sa fille nuit et jour; et M. de Bonneval, qui avait eu grand soin de cacher à Evelina ce cruel événement, venait passer auprès de Zoé tout le temps que lui permettait la convalescence de sa fille. Tant de soins et de secours, donnés à propos, mirent bientôt la nouvelle malade hors de danger; mais ils ne purent la préserver de plusieurs traces de ce fléau dévastateur.

Peu de temps après, Mirza revint de la campagne; ne craignant plus d'être exposée à la maladie qu'elle redoutait si fort, elle s'imaginait pouvoir renouer son intimité avec Evelina, et se flattait d'exercer encore le même empire sur le cœur de son amie, de l'emporter sur la simple et obscure Zoé; mais le voile était déchiré : non-seulement le prestige de l'opulence, l'éclat des grandeurs, le plaisir de briller, mais l'amitié tout entière était évanouie. Evelina ne répondit à l'empressement et aux prévenances de Mirza que par une politesse froide et mesurée. Bientôt leur liaison s'affaiblit; la brillante Mirza s'abandonna au tourbillon du grand monde; son père quitta la maison de M. de Bonneval pour aller habiter seul un riche hôtel qu'il venait d'acheter. Evelina et Zoé se trouvèrent par là débarrassées d'un tiers importun. Alors elles revinrent chaque jour dans le beau jardin de M. de Bonneval; elles cultivèrent ensemble des fleurs, mirent en commun leurs goûts, leurs talents, leurs plaisirs, et firent la douce épreuve qu'une amitié fondée sur la reconnaissance et la délicatesse ne s'éteint qu'à la mort.

LA ROBE BRODÉE.

Madame de Rémival, veuve d'un avocat célèbre, habitait le Marais, où elle vivait dans une médiocre aisance avec ses deux filles, Clara et Jenny. La première avait les traits réguliers, une taille noble et imposante; mais tous ces avantages étaient altérés par un regard à la fois dur et fier, qui annonçait un caractère difficile et un esprit impérieux. La seconde, au contraire, sa cadette d'un an, doublait le charme

d'une figure agréable par un maintien simple et
modeste, une grâce naïve, et surtout par un coup
d'œil qui semblait dire : « Je ne suis pas faite pour
briller; je ne désire que d'être aimée. »

La fortune de madame de Rémival ne lui permet-
tant pas de donner à ses filles aucun ornement de
toilette, elles étaient vêtues de la manière la plus
simple. Jamais de broderies, point de bijoux, pas
même de fleurs artificielles; mais le goût et la pro-
preté régnaient dans leur modeste parure; leurs cheveux brillants, relevés avec soin, se cachaient sous
un chapeau de paille, seulement orné d'un ruban. De
petites guêtres de coutil maintenaient une chaussure
bien solide, et leur robe de toile d'une extrême fraîcheur, quoique d'un prix très-modique, tout enfin annonçait les habitudes d'ordre dans lesquelles madame
de Rémival avait élevé ses deux filles.

Jenny, contente de son sort et n'ambitionnant point
d'autres parures, était toujours bonne, enjouée, et
faisait les délices de sa mère, qui lui paraissait
faire pour elle tout ce que lui permettait sa modique
fortune.

Il n'en était pas de même de Clara. Fière et vaine,
elle souffrait en secret de la simplicité dans laquelle
on la retenait. Elle paraissait de plus en plus rêveuse,
impatiente, et d'une aigreur qui devenait d'autant
plus remarquable, qu'elle contrastait sans cesse avec
la douce aménité de sa sœur.

Allaient-elles dans quelque promenade, Clara faisait
remarquer à Jenny que telle demoiselle, dont la for-

tune était médiocre, portait un chapeau des plus
élégants; que telle autre avait un fichu brodé et garni
de dentelles. « Pour nous, toujours mises de même,
et privées de la plus simple parure, ajoutait-elle avec
dépit, à peine sommes-nous regardées, à peine nous
connaît-on dans le quartier... — Que nous importe?
lui répondait Jenny tout en riant; nous n'en sommes
pas moins les filles d'un homme célèbre. Notre éducation vaut bien celle de toutes ces jeunes élégantes
dont la babiole est l'unique occupation, et qui, malgré tout leur éclat, n'ont peut-être pas autant de
talents que nous. Pour moi, je préfère ma simplicité
à tout cet étalage de fleurs, de broderies; comme je
n'ai jamais de belles choses à gâter, je puis courir,
sauter, danser tout à mon aise. Je ne troquerais pas
ma gaieté contre les plus beaux chapeaux du monde
et les robes les plus brillantes. »

Le hasard, qui souvent se plaît à favoriser la
modestie, tandis qu'il punit et fait souffrir l'orgueil et
l'ambition, voulut qu'il se fît dans la famille de
madame de Rémival un mariage d'étiquette et de
grand ton. Un de ses parents, très-riche financier,
demeurant dans une des plus belles rues de la Chaussée-d'Antin, s'unissait à la famille d'un homme en
place; et tout ce que Paris a de plus opulent devait
assister à cette fête. Madame de Rémival y fut également invitée avec ses filles.

« Nous ne pouvons accepter, dit aussitôt Clara : il
nous faudrait une toilette que maman n'est probable-
ment pas dans l'intention de nous permettre. — Pour-

quoi donc? reprit gaiement Jenny. On connaît notre
modique fortune : une gracieuse simplicité, voilà tout
ce qu'on peut exiger de nous; quant à moi, je me
propose bien de danser beaucoup, et maman nous
aime trop pour nous priver de ce plaisir que nous ne
goûtons pas souvent, et que j'aime à la folie. — Mais,
ma sœur, reprit Clara, crois-tu que nos bas de fil
d'Ecosse et nos robes de percale ne paraîtront pas
bien mesquins, bien ridicules, au milieu de toutes
les riches parures dont nous serons environnées! Je
crains bien que nous ne fassions rire à nos dépens;
on nous prendra pour quelques petites filles de
village qu'on aura fait venir, afin d'amuser la compa-
gnie. — Je voudrais bien voir, répliqua Jenny, qu'on
osât nous traiter ainsi! je prouverais que les petites
filles de village sont tout aussi fières que les belles de
la Chaussée-d'Antin; et je saurais rire encore mieux
à leurs dépens qu'elles ne pourraient le faire aux
nôtres. Je ne suis pas méchante, tout le monde le sait,
mais j'aime à m'amuser des ridicules. »

Le jour de la fête approchait. Clara se désespérait,
et sa vanité formait déjà mille projets pour se dispenser de paraître à une réunion qui devait être aussi
nombreuse que bien choisie. Enfin, la veille de ce
jour tant redouté, elle feignit d'être malade et déclara
qu'elle ne pourrait aller à la Chaussée-d'Antin. Jenny,
quoique très-curieuse d'assister à cette fête, fut encore moins fâchée de s'en voir privée qu'inquiète de la
santé de sa sœur, qu'elle croyait véritablement indis-

posée, et à qui elle s'empressait de prodiguer tous ses soins.

Madame de Rémival, qui sans cesse étudiait le caractère de Clara, projeta de la corriger de cet excès d'orgueil, mais avec tant de précautions et de délicatesse, que la jeune personne attribuât au hasard seul ce qui serait l'ouvrage de l'amour maternel.

Comme elle s'occupait avec Jenny à soulager la fausse malade, entre un commissionnaire chargé, disait-il, de remettre un paquet contenant une très-belle robe brodée. Cette robe, mise en loterie, appartenait au premier des numéros sortis au tirage, et qu'on savait être entre les mains de madame de Rémival. Cette dame, jouant alors la surprise, fit accroire à ses filles qu'en effet, à la sollicitation d'une voisine, elle avait pris un billet de cette loterie. Elle alla donc chercher dans son secrétaire ce prétendu billet qu'elle avait eu soin de préparer d'avance, le remit au commissionnaire, affectant la plus grande joie de ce que le sort l'avait favorisée. On ouvre à la hâte le paquet, et l'on y trouve une robe de mousseline des Indes d'un tissu admirable, dont la broderie était du dernier goût. Déjà Clara, oubliant qu'elle faisait la malade, examinait la robe avec empressement, et laissait lire dans ses yeux tout le bonheur qu'elle aurait de la posséder.

« Quel dommage, dit madame de Rémival, qu'on ne puisse partager cette robe en deux! elle eût été pour vous, mes filles. — Oh! maman, reprit Jenny, ce serait trop beau pour nous, et j'espère bien que tu

t'en pareras demain au mariage de notre parent,
dussé-je passer toute la nuit à te la faire? — Moi, reprit madame de Rémival, je m'affublerais d'une robe
aussi élégante, moi qui depuis si longtemps ai fait
vœu de simplicité! Non, non, je ne porterai jamais
cette robe brodée; mais, puisqu'un heureux hasard
me la procure, ajouta-t-elle avec intention, elle est
pour celle de vous que ce même hasard favorisera :
tirez au sort, et demain cette charmante robe sera
portée par celle de vous deux qu'il désignera. — J'y
consens, s'écria Clara avec une force et une vivacité
qui indiquaient le désir le plus vif. — Non, non, reprit
Jenny, ne tirons point au sort; je lis dans les yeux de
ma sœur que cette robe pourrait hâter sa guérison, et
je lui cède de bon cœur tous mes droits. — Pourquoi
cela? reprit Clara avec contrainte : maman l'a prononcé; nous devons tirer au sort. — Oh! reprit Jenny,
tu sais bien que la grande parure m'ennuie et m'em-
barrasse. Cette robe te convient mieux qu'à moi;
d'ailleurs, tu es mon aînée. Allons, Clara, cède à mes
instances, mettons-nous à l'ouvrage : demain tu
paraîtras à la fête une des mieux parées, et tu prou-
veras, j'espère, aux belles de la Chaussée-d'Antin,
qu'une robe brodée suffit pour les égaler en grâces et
même pour les surpasser.

Clara, après l'aveu de madame de Rémival, accepta
la proposition de Jenny; à l'instant même celle-ci
tailla les différents lés qui devaient composer la robe,
et se mit à travailler avec sa sœur, afin que tout fût
prêt le lendemain. Madame de Rémival, voulant suivre

son projet, demanda à Clara comment, avec une
pareille robe, elle comptait se coiffer. « Des cheveux
relevés par un simple peigne d'écaille ne peuvent
suffire, lui dit-elle; il vous faut une coiffure plus
analogue à ce riche vêtement. — Sans doute, ajouta
vivement Jenny. Si maman daigne le permettre, tu
orneras tes cheveux d'une de ces belles guirlandes de
roses qui sont à la mode. Je ne crois pas non plus que
le bas de fil d'Ecosse, quelque blanc qu'il soit, puisse
convenir, et, si maman veut m'en croire, elle te per-
mettra, pour la première fois, les bas de soie et les
souliers de taffetas blanc. — J'y consens avec
plaisir, » dit madame de Rémival. Et à l'instant
même elle sortit pour aller acheter ces différents
objets.

Pendant son absence, Clara ne put s'empêcher de
témoigner à sa sœur toute sa joie et son étonnement :
« Mais toi, lui dit-elle, tu ne t'occupes en rien de ta
toilette? — N'ai-je pas, répondit Jenny, la robe de
mousseline de ma première communion? le tissu en
est un peu gros, qu'importe? Je ne vais point à cette
fête pour briller, mais bien pour danser, rire et
m'amuser de toutes les minauderies des belles du
jour. La parure la plus convenable à une jeune dan-
seuse, c'est, selon moi, la simplicité. — Mais enfin,
ajouta Clara, si ta trop grande simplicité allait te
priver de danser, cela serait fort désagréable, et
j'avoue qu'à ta place j'en mourrais de dépit. — Bah!
répondit Jenny, je n'ai pas si grand'peur; il se trouve
toujours quelques âmes charitables qui vous pren-

nent en pitié ; d'ailleurs, il est mille moyens de sortir d'embarras. Heureusement je ne suis ni sotte ni timide, et je saurai bien me tirer d'affaire... »

Pendant qu'on parlait ainsi, la robe brodée allait son train. L'espoir et la joie étaient empreints sur les figures des deux charmantes sœurs, qui travaillaient à qui mieux mieux. Bientôt madame de Rémival rentra avec ses différentes emplettes. Elle remit à Clara une élégante guirlande de roses, des bas de soie brodés à jour, des souliers de satin blanc. Elle y ajouta une berthe de dentelle et des gants richement garnis. « Pour toi, Jenny, dit-elle à celle-ci, tu ne t'es point occupée de ta parure, tu préfères une simple toilette au plaisir de briller : je te prie donc d'accepter ce bouton de rose orné de son feuillage, et j'exige que demain il soit sur tes cheveux. »

Enfin le moment tant désiré arriva. Une voiture, envoyée par le parent de madame de Rémival, vint la prendre ; elle se rendit avec ses filles au riche hôtel de la Chaussée-d'Antin, où déjà la plus belle assemblée s'était réunie. Un essaim de danseuses, remarquables par l'élégance de leurs vêtements, se dispersa dans des salons magnifiques qu'éclairaient plus de deux cents bougies, et bientôt la gaieté la plus vive s'empara de tous les cœurs.

Clara, embarrassée dans sa nouvelle parure, craignant à chaque instant de déchirer sa robe brodée qu'elle croyait devoir fixer tous les regards, parut gauche, ne fit aucune sensation ; et, quoique couronnée d'une guirlande de roses et surchargée d'orne-

ments, elle eut le chagrin de rester presque toujours
auprès de sa mère, et de n'avoir que les danseurs envoyés de temps en temps par la maîtresse de la
maison. On riait de l'air emprunté, et surtout de la
roideur de la belle statue du Marais. Les uns préten-
daient qu'elle arrivait de province, où sans doute elle
avait pris le ton et les usages de sa grand'mère; les
autres soutenaient qu'elle avait fait vœu d'immo-
bilité : c'était, en un mot, à qui lancerait les plaisanteries les plus mordantes; elles parvinrent aux
oreilles de Clara et augmentèrent encore son dépit et
sa confusion.

Jenny, au contraire, se livrait à tout le plaisir que
lui inspirait une fête aussi belle, et, ne craignant
point de gâter sa modeste robe de mousseline, elle se
faisait distinguer par son visage toujours riant, par
son caquet ingénu, spirituel, et surtout par la légèreté
de sa danse. Sa simplicité, contrastant avec les riches
toilettes dont elle était environnée, la faisait remarquer parmi toutes les femmes brillantes.

Madame de Rémival ne perdait rien de tout ce qui
se passait. Elle jouissait en secret de l'isolement où
se trouvait Clara, depuis qu'elle avait dansé les deux
contredanses ordonnées par la maîtresse de la maison.
C'est en vain qu'elle étalait sa robe brodée pour
attirer quelques danseurs, aucun ne se présentait.
Clara, confuse d'être réduite à n'avoir pour danseurs
que ceux que lui envoyait sa sœur, feignit, après la
valse, de se trouver indisposée, et sollicita sa mère de
se retirer : « En effet, dit madame de Rémival, je

m'aperçois depuis quelque temps que vous souffrez beaucoup. Je vais demander une voiture, et nous allons retourner au Marais; mais votre sœur, qui se livre à toute la joie qu'inspire une aussi belle assemblée, et qui goûte un plaisir qu'elle éprouve si rarement, ne sera pas victime de ce fâcheux événement... » En effet, madame de Rémival alla conduire Clara chez elle, et revint aussitôt rejoindre Jenny, qu'elle avait confiée à la surveillance de plusieurs personnes de sa connaissance.

Dès que celle-ci fut instruite du départ de Clara, une tendre inquiétude remplaça sa gaieté. En vain sa mère la rassura : « Non, non, dit-elle, ma sœur souffre, il n'est plus de plaisir pour moi. » Au même instant elle entraîna sa mère, qui pouvait à peine cacher son émotion. »

De retour au Marais, madame de Rémival trouva Clara tout en larmes, et dévorée du chagrin que lui causaient les succès de sa sœur; mais, dès qu'elle eût appris de la bouche de sa mère le généreux attachement de Jenny et le sacrifice qu'elle venait de faire pour lui offrir ses soins et ses consolations, les larmes de la jalousie firent place à celles du sentiment. Elle avoua qu'elle n'avait prétexté une indisposition que par le dépit de se voir négligée dans le bal, et reconnut enfin que la plus riche parure et tous les ornements de la mode plaisent souvent moins que les grâces naturelles et la modeste simplicité.

LE TESTAMENT.

M. Dartus, avocat, jouissait d'une haute réputation ;
sa fortune égalait sa célébrité ; mais la nature lui
avait fait payer cher tous ces avantages. Père autrefois de six enfants, il les avait vu périr l'un après
l'autre ; et la mère de cette nombreuse famille, n'ayant
pu résister à tant de secousses et à des pertes aussi
cruelles, avait également terminé sa carrière. Son
époux, frappé de la plus grande douleur, était resté
veuf pendant plusieurs années ; mais, dans un long
voyage qu'il fit en Suisse, une de ses parentes, encore
jeune, qui l'avait fait appeler pour régler des affaires
importantes, lui inspira le désir de contracter une
seconde union.

M. Dartus, quoique déjà d'un âge mûr, était si
brillant dans la conversation, si gracieux dans toutes
ses manières, il ajoutait à tous ces dehors séduisants
tant de mérite et de célébrité, qu'il fixa de son côté le
choix de sa parente, toute jeune qu'elle était encore.
Il séjourna donc en Suisse près d'un an, afin de
liquider la fortune de sa nouvelle compagne et de
pouvoir la transporter en France. Bientôt son vœu le
plus cher fut accompli ; il devint encore père, et la
joie qu'il en ressentit acheva d'effacer la tristesse que
ses anciens chagrins avaient empreinte sur son front.
Il n'aspirait plus qu'à revenir à Paris avec sa seconde

femme et leur enfant qui venait de naître. C'était une fille, qui déjà semblait devoir réunir un jour tous les charmes de sa mère; elle s'appelait Zélia.

Mais madame Dartus avait pensé payer de sa vie la naissance de cet enfant si cher; on fut même contraint de l'arracher de son sein et de lui donner une nourrice étrangère. Ce ne fut qu'au bout de plusieurs mois que cette dame reprit assez de force pour voyager. Elle vint donc se fixer à Paris avec son digne époux, leur fille unique, âgée d'environ six mois, et plusieurs domestiques suisses, parmi lesquels était la nourrice de Zélia. Les traits de cet enfant commençaient à se développer, mais ils n'étaient plus aussi délicats, aussi semblables à ceux de sa mère, qu'ils avaient paru l'être au moment de sa naissance; ils semblaient même éprouver chaque jour un nouveau changement.

Madame Dartus remarquait aussi depuis quelque temps que la joie et le bonheur qu'avait ressentis son mari lorsqu'il était redevenu père avaient fait place à une rêverie continuelle, à une profonde tristesse qu'il s'efforçait en vain de lui cacher; mais, ne les attribuant qu'aux pertes douloureuses qu'il avait faites avant son veuvage, et trouvant dans cet époux chéri la réunion des plus rares et des plus aimables qualités, madame Dartus feignait de ne pas apercevoir le nuage souvent répandu sur les traits de son mari, et n'osait même lui en demander la cause.

M. Dartus reprit à Paris l'honorable carrière qu'il avait parcourue avec tant d'éclat et redevint bientôt

l'un des plus célèbres avocats de la capitale. Sa haute
réputation et sa fortune lui permirent de tenir une
maison qui devint le rendez-vous de, gens de lettres,
des artistes les plus distingués, des magistrats même
du rang le plus élevé. La beauté, les qualités aimables de madame Dartus ne laissèrent pas de contribuer à attirer chez elle les femmes les plus remarquables de Paris; en un mot, c'était à qui aurait accès
dans la société de cet homme célèbre.

On conçoit aisément qu'au milieu de tant d'avantages la jeune Zélia, dirigée par les conseils d'un père
aussi distingué, devint en tout genre un modèle
accompli. Jamais éducation n'avait été mieux suivie
que la sienne. Une taille élégante, une figure expres-
sive, une grâce parfaite, et surtout une gaieté franche
et intarissable, relevaient le prix des divers talents
qu'elle réunissait. On remarquait néanmoins qu'elle
n'avait aucun des traits de M. Dartus, ni de ceux de
sa femme; on ne trouvait en Zélia ni le son de leur
voix ni cette imposante dignité qui les caractérisait
l'un et l'autre jusque dans les moindres choses. Souvent on leur en faisait l'observation, et alors une
espèce d'altération se répandait sur la figure de
M. Dartus, qui cherchait aussitôt à la dissiper par le
charme de sa conversation et les caresses dont il
accablait sa chère Zélia.

Comme rien n'est parfait dans la nature, et qu'à
travers les qualités les plus rares il se glisse toujours
quelques défauts, Zélia poussait au plus haut degré
ceux de l'étourderie et de l'indiscrétion. Souvent ils

lui attiraient les reproches de son père. En effet, en-
trait-elle dans son cabinet, elle portait furtivement
ses regards sur le bureau de travail, lisait du coin de
l'œil ce qu'il écrivait et les différents papiers qui se
trouvaient auprès de lui. M. Dartus recevait-il une
lettre, un simple billet, Zélia en examinant l'écriture,
le timbre, formait aussitôt telle ou telle conjecture,
donnait ensuite son avis, tranchait, prononçait,
comme si elle eût été le conseil ou le guide de son
père. Elle annonçait souvent, dans les différents
cercles qu'elle fréquentait, que monsieur un tel avait
un procès contre telle personne; que ce procès était
imperdable; que celui de madame une telle était bien
plus douteux... Enfin, tout ce qui se faisait ou se disait
chez M. Dartus était remarqué, commenté et divulgué
par la jeune indiscrète, au point que son père, malgré
tout le charme qu'il éprouvait auprès d'elle, s'était vu
forcé de lui interdire l'entrée de son appartement
mais rien ne put corriger Zélia. En vain ses parents
employaient-ils tout ce qui était en leur pouvoir pour
vaincre ce penchant dangereux, il ne fit que s'ac-
croître malgré leurs soins et toute leur prévoyance.

Zélia ne tarda pas à faire la cruelle expérience
qu'on ne peut impunément enfreindre les premiers
devoirs de la société. — Un jour que son père était
sorti et que le valet de chambre avait oublié de fermer la porte de son cabinet, la jeune indiscrète s'y
glisse furtivement, pénètre jusqu'au bureau de travail
de M. Dartus, et parmi plusieurs papiers qui le couvraient elle porte ses regards sur un écrit de la main

de son père commençant par ces mots : CECI EST MON
TESTAMENT.

Son indiscrétion fut excitée par ce titre solennel ;
et, s'imaginant qu'elle allait découvrir les pensées les
plus secrètes de son père, elle continua de lire ce qui
suit :

« Étant du devoir de tout honnête homme d'avouer
la vérité avant de paraître devant Dieu, je déclare et
j'atteste, au nom de l'honneur et des larmes que j'ai
tant de fois versées, que Zélia n'est point ma fille, ni
celle de madame Darlus... »

A la vue de ces caractères sacrés, Zélia, interdite,
tremblante et se soutenant à peine, achève de lire le
fatal écrit. Elle y apprend qu'en effet M. Darlus, que
la nature semblait avoir condamné à ne jamais être
père, avait encore été privé de l'enfant qu'il avait eu
de sa seconde femme. Ne voulant pas instruire de la
mort de cet enfant sa tendre mère, dont la vie était en
ce moment même dans le plus grand danger, il avait,
à force d'or, obtenu de la nourrice l'aveu de substituer
à sa fille, que le sort lui ravissait, une pauvre petite
orpheline dont la mère indigente venait de mourir en
lui donnant le jour. Elle apprend, par cet écrit, que
M. Darlus lui avait donné, en l'adoptant, le nom de
Zélia, et qu'elle fut présentée quelque temps après à
madame Darlus comme sa propre fille... Enfin, elle
apprend dans ce testament que M. Darlus lui assure
la moitié de sa fortune ; mais, voulant respecter les
droits sacrés du sang, il léguait l'autre moitié aux
parents les plus pauvres de sa famille.

La révélation de ce terrible mystère et la généreuse
bonté de M. Darlus firent sur la jeune personne une si
forte impression, qu'elle put à peine sortir de l'appartement et regagner sa chambre. Là, se livrant à tout
son désespoir, elle tomba dans une espèce de délire,
au milieu duquel elle prononçait avec l'accent le plus
déchirant : « Je ne suis pas sa fille!... moi qui était si
heureuse et si fière de l'être!... je ne serais qu'une
pauvre orpheline!... et je n'ai plus de parents! »

En proférant des mots qu'interrompaient mille sanglots et les larmes les plus amères, Zélia tomba sans
mouvement sur un canapé, où elle resta plus d'une
heure, comme si elle eût été privée de la vie; mais
enfin, reprenant ses esprits et recouvrant ses forces,
elle forma le projet de taire cette cruelle découverte,
et de renfermer dans son cœur le tourment qui la
dévorait.

Depuis quelque temps, M. et madame Darlus remar-
quaient sur la figure de Zélia une tristesse dont ils ne
pouvaient deviner la cause. Chaque fois que la malheureuse enfant regardait l'un ou l'autre, ses yeux se
mouillaient de larmes. Elle ne pouvait prononcer le
nom de père ou de mère sans que sa voix fût altérée.
Ce qui surtout augmentait sa douleur, c'étaient les
égards, les prévenances qu'on avait pour elle, comme
fille unique de la maison. Cependant, au milieu de
toutes les cruelles sensations qu'elle éprouvait, elle
fut tourmentée du désir de savoir le véritable nom de
ceux à qui elle devait le jour. « Ma mère, se disait-
elle, est morte en me donnant la vie; mais peut-être

mon père existe-t-il encore, peut-être est-il dans la
misère! tandis que moi, entourée de tout ce que peut
inventer l'opulence... Il faut absolument sortir de
cette affreuse incertitude. »

Un jour donc qu'elle se trouva seule avec sa
vieille nourrice, elle entama ainsi l'entretien : « Sais-
tu, ma bonne Sternick, que je ne ressemble aucunement à mon père ni à ma mère? — Fous bas truver,
mon pédite? — En vérité, si je n'avais pas été élevée
par toi, je croirais qu'on m'a changée en nourrice. —
Moi bas gabable, répondit la vieille tout interdite. —
Si c'eût été, reprit la jeune personne, pour obliger un
homme respectable, pour sauver la vie à sa femme
expirante, enfin pour faire le bonheur d'une pauvre
orpheline de la Suisse et de ton voisinage, loin de
commettre un crime, bonne Sternick, tu n'aurais fait
qu'une action très-louable. — Mein Got! s'écria involontairement la bonne nourrice, fous avre abris tut le
histoire! — Oui, reprit Zélia fondant en larmes et se
jetant dans son sein : ne crains pas que j'en rougisse;
mais, si je te suis chère, apprends-moi, je t'en supplie, à qui je dois le jour, et crois que ma tendresse
pour toi pourra seule égaler ma reconnaissance. »

La bonne Sternick, convaincue que Zélia était
instruite du secret qu'on lui avait tant caché, avoua
qu'elle-même l'avait indiquée à M. Dartus, au moment
où il venait de perdre son dernier enfant. « Fritz,
votre père, continua la vieille nourrice, brave soldat
couvert de blessures, n'existait déjà plus lorsque
votre mère vous mit au monde; autrement vous

5

n'eussiez jamais porté d'autre nom que le sien. Mais vous étiez sans appui, exposée à être conduite à Zurich dans la maison des orphelines; on ne balança pas dans le canton à confier votre destinée à M. Dartus, qui promettait d'entourer votre enfance de soins paternels. »

Cette bonne femme termina cette révélation importante en priant Zélia de garder à son tour le plus grand secret, de crainte d'indisposer contre elle le bon M. Dartus, et surtout de porter un coup mortel à sa digne compagne, en lui apprenant que sa fille véritable était morte peu de jours après sa naissance.

Zélia, qui portait à madame Dartus un amour aussi tendre et aussi soumis que si elle eût été réellement sa fille, se garda bien, malgré toute sa douleur, de lui laisser soupçonner la moindre chose de cet important mystère; mais combien lui fut pénible son silence!... Chaque fois que madame Dartus la pressait dans ses bras en la nommant sa fille, sa chère fille, en la désignant comme l'espoir et la consolation de sa vieillesse, la jeune infortunée, tressaillant malgré elle, s'efforçait de retenir ses larmes prêtes à couler. M. Dartus, à l'œil observateur de qui rien n'échappait, remarquait la souffrance secrète de Zélia, suivait tous ses mouvements, et il ne tarda pas à être convaincu que la jeune orpheline connaissait le mystère de sa naissance. La vieille nourrice, qu'il interrogea, lui avoua ce qui s'était passé entre elle et Zélia, et lui confia tout le chagrin qui dévorait la pauvre enfant.

Cet homme généreux et sensible s'empressa d'avoir avec Zélia un entretien particulier, dans lequel il apprit par quel singulier hasard elle avait connu son origine. Il la consola, l'assura de nouveau de toute sa tendresse, et lui recommanda, de crainte de plus grands malheurs, de ne jamais divulguer ce secret important. « Je vous le promets, dit Zélia en lui baisant les mains avec respect et les arrosant de ses pleurs; mais, sans ma coupable indiscrétion, je vous croirais encore mon père. »

Cette promesse de la jeune orpheline, quoique gravée dans son cœur, fut souvent combattue par des secousses sans cesse renaissantes où la jetait sa pénible situation. Un événement inattendu, auquel Zélia ne fut pas assez forte pour résister, déchira le voile dont elle s'efforçait de se couvrir et causa l'événement le plus funeste.

M. Dartus avait une terre considérable à quelques lieues de Châlons, sur les bords de la grande route de Strasbourg. Les armées françaises venaient de remporter en Allemagne des victoires éclatantes; un grand nombre de prisonniers autrichiens se rendaient en cette ville par détachements. Deux cent soixante de ces prisonniers, en passant devant la grille du château de M. Dartus, s'arrêtèrent pour faire halte et se reposer. La plupart d'entre eux voulurent se désaltérer à une fontaine qui coulait tout près de là. Il faisait à cette époque une chaleur excessive; la fatigue de ces pauvres voyageurs, la poussière dont ils étaient couverts, la sueur qui coulait de leurs

visages abattus, firent sur madame Dartus et sur
Zélia, qui se trouvaient en ce moment à la porte de la
grille, l'impression la plus vive. « Ces malheureux
m'inspirent une profonde pitié, dit cette dame bienfaisante. — Arrêtez, braves gens, s'écria-t-elle, l'eau
de cette fontaine est trop froide; elle glacerait vos
sens agités par la marche pénible que vous venez de
faire... Va, ma fille, dit-elle à Zélia, va dire aux gens
de l'office qu'ils apportent quelques douzaines de
bouteilles de vin pour réconforter ces bons Alle-
mands. »

Zélia obéit avec la rapidité de l'éclair. Bientôt les
domestiques et M. Dartus lui-même vinrent offrir aux
prisonniers voyageurs les rafraîchissements dont ils
avaient si grand besoin. Zélia, munie à son tour d'une
bouteille et d'un verre, offrit une rasade à l'un d'eux,
remarquable par ses cheveux blancs et les nombreuses cicatrices dont il était couvert. « Monsieur le
militaire, lui dit-elle en lui versant une seconde
rasade, est-il Hongrois ou Autrichien? — Moi, Suisse,
répondit le vieux prisonnier; être à la zervice de l'em-
bereur t'Allemagne depuis pli de trente ans; mais être
né natif di canton di Zurich, et appeler moi Guillaume
Fritz! — Fritz! s'écria involontairement Zélia . c'est
le nom de mon père! — Que dis-tu, ma fille! s'écria à
son tour madame Dartus. — Oui, c'est le nom de mon
père, reprit Zélia d'une voix plus forte et sans entendre madame Dartus; il était, ainsi que vous, soldat
du canton de Zurich, et se nommait Georges Fritz. —
C'est mon neveu, reprit le vieux Suisse, le fils de ma

pauvre frère Georges...; si vous êtes sa fille, être
petite-nièce à fotre serviteur... »

En achevant ces mots, il presse dans ses bras Zélia
émue et tremblante. Madame Dartus, dont l'étonnement augmentait à chaque mot, surtout en voyant les
signes que son mari faisait à Zélia, demande, exige
l'explication de ce cruel mystère : elle fait venir la
nourrice, la presse de questions; et, apprenant enfin
ce qu'on avait pris tant de soin de lui cacher depuis
longtemps, elle pousse un cri déchirant et tombe
évanouie dans les bras de son mari. Celui-ci, regardant Zélia, qui, dans ce moment, s'aperçoit du coup
terrible, mais involontaire, qu'elle a porté dans l'âme
de sa bienfaitrice, lui dit avec la plus touchante
expression : « Qu'as-tu fait, chère et intéressante
orpheline! Oh! que ton indiscrétion nous causera de
maux ! »

A peine avait-il proféré ces paroles, que Zélia
s'élance vers madame Dartus, l'entoure de ses bras,
la ranime en l'appelant à grands cris sa mère, sa
tendre mère, et parvient enfin à lui faire reprendre ses
sens; mais la commotion était trop forte pour cette
femme sensible; il fallut l'emporter au château. Les
yeux sans cesse attachés sur Zélia, elle répétait avec
l'accent du désespoir · « Quoi! tu n'es pas ma fille!
quoi! je n'ai plus d'enfant!... « M. Dartus chercha
vainement à calmer sa douleur, et ne la quitta pas de
toute la nuit. Zélia, qui avait obtenu de l'officier conduisant les prisonniers que son vieil oncle restât au
château, joignit ses soins à ceux de M. Dartus, et

donna à sa mère adoptive toutes les preuves de son amour et de sa reconnaissance. Le vieux Guillaume, tout heureux et fier qu'il était d'avoir trouvé une semblable nièce, partagea la douleur qu'avait répandue dans le château l'état désespéré de madame Dartus. Le coup qu'elle avait reçu était au-dessus de ses forces. En vain les secours de l'art, les vœux de M. Dartus, de Zélia et de tous les heureux qu'elle avait faits dans les environs la rappelaient-ils à la vie, la nature fut sourde à leurs cris : cette femme excellente expira dans les bras de son mari et de sa fille adoptive, qui ne cessait de répéter avec l'accent le plus déchirant : « C'est moi qui l'ai tuée... Sans mon impardonnable indiscrétion, elle vivrait encore! je la presserais dans mes bras... je l'appellerais ma mère!... Ah! je le sens à ma douleur, rien ne peut me rendre excusable... »

Le désespoir de Zélia fut tel, qu'on craignit pendant quelques jours que sa raison ne s'aliénât. M. Dartus fut lui-même contraint de se distraire de sa profonde douleur pour consoler cette infortunée, et lui fit promettre de ne jamais se séparer de lui. Il obtint, par ses protections, l'échange du vieux prisonnier Guillaume, qui trouva dans sa petite-nièce les soins et les égards de la plus tendre fille. L'éducation qu'avait reçue Zélia et les charmes de sa figure la firent souvent rechercher; mais elle ne souffrit jamais qu'on lui donnât d'autre nom que celui de Zélia Fritz : elle ne voulut avoir, auprès de M. Dartus, que le titre d'une orpheline dont il avait secouru l'indigence, soigné l'éducation; et, lorsque cet homme célèbre, la nommant toujours sa fille, l'accablait de caresses et de nouveaux bienfaits, Zélia ne les recevait plus qu'avec respect; ses yeux charmants se mouillaient de larmes, et, à travers les sanglots qui étouffaient sa voix, elle lui disait : « Sans ma cruelle faute, madame Darlus vivrait encore, et je me croirais votre fille! Ah! je l'éprouve, mais trop tard, une seule indiscrétion suffit pour nous priver du bonheur de toute notre vie. »

LES DEUX CAGES.

La richesse et l'élégance sont souvent moins propices au bonheur que l'obscure simplicité; et, comme le dit très-bien un poète :

... Souvent dans la loge on rit plus qu'au premier.

Charlotte, fille de madame Darlemont, se plaisait à élever et à soigner des oiseaux de toute espèce; elle y donnait tout son temps, y mettait tout son plaisir. Aimant le luxe et très-recherchée dans ses habitudes, elle avait fait construire une cage magnifique, dont le grillage était doré, les bâtons en acajou, et les vases en porcelaine. Chacun admirait ce petit chef-d'œuvre. Charlotte, fière et satisfaite de toutes les félicitations qu'elle recevait, n'admettait dans cette belle cage que les oiseaux dignes par leur rareté d'un aussi beau séjour : les serins des Canaries, les bouvreuils du Canada, les fauvettes de Cayenne, les linottes du Brésil, enfin tout ce qui pouvait étonner et coûter le plus. La manie du maître devient souvent celle des gens attachés à son service. Leur ordonne-t-il une chose nouvelle, ils s'empressent de la copier pour eux-mêmes; leur demande-t-il quelque vêtement nouveau, ils ne le donnent jamais qu'après en avoir pris le modèle; en un mot, l'inférieur suit presque toujours l'exemple de son supérieur.

Anne, l'une des filles du portier de l'hôtel, qui souvent avait été témoin de la manie de sa jeune maîtresse, avait insensiblement pris les mêmes goûts; mais, ne pouvant donner dans le faste, elle se contentait d'une forte cage d'osier dont les bâtons de sureau et les petits pots de terre brute faisaient tout l'ornement. Elle y réunissait les oiseaux les plus communs, tels que pierrots, chardonnerets, linottes, et autres de cette espèce.

Nos deux jeunes naturalistes trouvaient, chacune dans son genre, des plaisirs qui d'abord les captivèrent longtemps, et prirent tous leurs instants de loisir; mais bientôt le manque de soins apporta une grande différence dans le sort et la prospérité des deux volières. Charlotte, entraînée continuellement dans le tourbillon du grand monde, y passant quelquefois une partie de la nuit et, par conséquent, se levant très-tard, négligeait la famille infortunée que

renfermait la riche et brillante cage. Peu à peu les
oiseaux les plus rares périrent; presque tous tom-
bèrent d'inanition sur les beaux vases de porcelaine,
qui, la plupart du temps, ne contenaient que de l'eau
corrompue et des graines avariées. Jamais Charlotte
n'avait eu la jouissance de voir dans cette belle cage
se former un nid, couver des œufs, éclore des petits.
On eût dit que l'élégance et la richesse de cette superbe
prison en avaient chassé le bonheur.

Anne, au contraire, qui dès l'aube du jour prodiguait aux habitants de la simple cage d'osier les soins
les plus tendres et les plus multipliés, les voyait
chaque matin plus beaux et plus joyeux; leurs chants
variés retentissaient dans tout l'hôtel. Chaque printemps se formaient plusieurs nichées qui, toutes
fécondes, avaient tellement augmenté la grande
famille, qu'Anne avait été obligée d'agrandir leur demeure en adaptant une seconde cage d'osier à la première : ce qui formait un espace assez grand pour
contenir plus de vingt couples assortis de différents
oiseaux. On y remarquait surtout deux des serins de
Charlotte, qu'Anne lui avait demandés lorsqu'ils
étaient expirants. La beauté de leur plumage, l'ivresse
de leur gazouillement, annonçaient qu'ils étaient plus
heureux sur des bâtons de sureau et dans la simple
loge du portier que dans le riche appartement du
premier, sous le grillage doré et sur les bâtons
d'acajou, où ils manquaient presque toujours d'eau,
d'air et de nourriture.

Charlotte, jalouse de ce que la volière de la jeune

Anne prospérait tandis que la sienne s'appauvrissait, se plaignit un jour à sa mère du bruit que faisaient, dès le matin, les nombreux oiseaux de la fille du portier. Elle voulut même exiger qu'on la séparât de son heureuse famille.

« Puisqu'elle trouble votre repos, lui dit madame Darlemont, qui pénétrait le motif de sa fille, il est juste qu'elle transfère ailleurs sa peuplade chérie. Mais, comme les soins qu'elle lui prodigue ont fixé mon attention et que sa volière fait les seules délices de sa vie, je vais faire préparer dans les greniers de l'hôtel un lieu commode et assez spacieux pour contenir non-seulement tous les oiseaux qu'elle possède, mais encore ceux qui, dans votre riche et superbe volière, périssent faute de soins. »

Dès le lendemain, tout fut exécuté; l'heureuse et sensible Anne se trouva à la tête d'une volière nombreuse, où bientôt chaque espèce, trouvant une nourriture analogue à ses goûts, se renouvela, et offrit la réunion la plus riche et la plus variée.

Charlotte, forcée de reconnaître que le faste et l'étalage étaient loin de valoir les soins et la prévoyance, avoua que sa mère avait bien fait de confier le reste de ses oiseaux les plus rares à la jeune Anne; et, loin de se laisser entraîner à des mouvements jaloux, elle voulut partager les soins de la jeune portière, et faire avec elle l'apprentissage de la patience et du travail qu'exigeait une pareille entreprise

Mais son genre de vie et ses occupations ne lui permirent pas d'exécuter ce plan : la volière, pour ainsi dire

recréée, se trouvait soignée par Anne, lors même que
Charlotte sommeillait encore. Aussi était-ce loin
d'avoir les mêmes jouissances que la fille du portier
Dès qu'elle entrait dans la volière, tous les oiseaux
fuyaient effarés, se cachaient partout où ils trouvaient place; à leurs chants joyeux succédaient des
cris de frayeur; Charlotte éprouvait jusqu'à la douleur de voir les mères sortir de leurs nids et aban-
donner leurs œufs. Dès qu'au contraire Anne paraissait, chaque famille voltigeait autour d'elle, venait se
poser sur ses épaules, sur sa tête, la becquetait en
battant des ailes, et lui exprimait par ses chants sa
joie et sa reconnaissance.

Charlotte, qui souvent avait été témoin de ce délicieux spectacle, résolut d'en éprouver les charmes.
Un jour elle substitua le simple vêtement d'Anne au
riche et élégant négligé dont elle se parait le matin;
et, sous cet heureux déguisement, imitant la voix
douce de la jeune fille, elle s'introduisit, dès le lever
du soleil, dans la volière : là, remplissant avec exactitude et fidélité l'emploi de celle dont elle avait emprunté le costume, elle vit tous les oiseaux s'habituer
peu à peu à sa vue, finir par voltiger avec plaisir autour d'elle, et la couvrir à son tour de leurs caresses.

La joie qu'éprouva Charlotte fut inexprimable; elle
lui inspira l'irrévocable résolution de ne confier
jamais à d'autres le soin de sa volière; et, pour se
convaincre de toute la frayeur qu'inspiraient à ses
oiseaux les riches habits sous lesquels elle les avait
négligés si longtemps, elle en revêtit un jour Anne,

exigeant qu'elle l'accompagnât ainsi déguisée. Dès
qu'elle parut, chaque famille se sauva comme à l'aspect d'un oiseau de proie; en vain la jeune fille appelait-elle ses chers petits avec sa voix douce et cares-
sante, tous la fuyaient, tous s'éloignaient avec
frayeur. « Jamais, jamais, dit-elle à Charlotte, vous
ne me ferez reparaître affublée comme un épouvan-
tail! Reprenez, reprenez votre cachemire, votre riche
collerette, votre robe brodée garnie de dentelle, et
laissez-moi mon petit corset de naukin et ma jupe de
toile de coton; je leur dois à eux seuls plus de bonheur que ne pourrait jamais m'en procurer le plus
riche accoutrement... » En achevant ces mots, Anne
quitta les habits de Charlotte et reparut tout à coup
avec ses vêtements accoutumés. Aussitôt tous les
habitants de la volière vinrent fondre sur elle, et semblaient, par leurs tendres gazouillements, expier leur
méprise et la venger de leur erreur.

Dès cet instant, Charlotte s'associa pour toujours
aux travaux de la bonne Anne. Chaque matin elles
venaient ensemble soigner la volière, qui devint aussi
nombreuse que variée. Plus de bâtons d'acajou, plus
de vases de porcelaine; un feuillage disposé avec
soin, une eau pure renouvelée chaque matin, des
graines de toute espèce et de longues gerbes de
millet, furent le seul ornement de cette riche collection d'oiseaux. On la citait dans tout le voisinage, et
Charlotte en recevait sans cesse des éloges qu'elle
préférait aux fastidieuses adulations que, dans le
monde, on prodiguait à sa figure. Enfin l'expérience

lui apprît que le bonheur le plus durable est celui
qu'on se fait soi-même, et qui, par là, se trouve à
l'abri de tous les événements.

LE TRONC D'ARBRE.

De tous les inconvénients qui résultent d'une éducation négligée, celui qui prête le plus au ridicule et
souvent cause le plus de maux, c'est la peur. Elle
gâte l'esprit, altère le bon sens, arrête continuellement l'élan de la pensée, et tient l'âme resserrée dans
les bornes étroites de la faiblesse et de la stupidité.
Aussi doit-on porter la plus scrupuleuse attention à
préserver l'enfance de ces descriptions de souterrains
et de cavernes, de ces contes de revenants, qui ne
sont propres qu'à troubler les douces nuits et les
jours paisibles de l'heureuse innocence.

M. de Mirecourt, ancien architecte, habitait depuis
longtemps un château gothique, situé près de la forêt
de Sénart. Il avait pris plaisir à réunir dans cette demeure agréable et pittoresque tout ce que l'art peut
ajouter à la nature. On venait de tous côtés admirer
les embellissements que M. de Mirecourt avait accu-
mulés dans cette habitation, aussi vaste que richement décorée.

Madame de Valville, sa fille unique, veuve d'un

artiste distingué, venait ordinairement passer tout l'été au château de son père, avec ses deux filles,

ersilie et Victorine. L'une et l'autre, douées d'un ... ureux caractère, étaient également chères à madame de Valville. Cette digne mère semblait, par sa tendresse et son extrême bonté, vouloir dédommager ses deux filles de la perte qu'elles avaient faite, dans leur père, du soutien de leur existence et de leur premier instituteur.

, Madame de Valville portait souvent trop loin son amour pour ses enfants. La crainte de les contrarier en la moindre chose, de perdre leur attachement et leur confiance, lui faisait dépasser les bornes de l'indulgence, au point qu'elle avait insensiblement perdu l'autorité maternelle.

Hersilie et Victorine, à peine parvenues à l'âge heureux de l'adolescence, faisaient tout au gré de leurs caprices. Formaient-elles un projet, il était exécuté sur-le-champ; désiraient-elles un bijou, un riche vêtement, elles l'obtenaient aussitôt; voulaient-elles aller au château de leur grand-père, revenir à Paris, retourner encore auprès de M. de Mirecourt, parcourir, en un mot, tous les environs de sa terre, à l'instant les chevaux étaient prêts; et la complaisante mère était trop heureuse de pouvoir satisfaire ainsi les moindres désirs de ses deux filles.

M. de Mirecourt, qui trouvait dans Hersilie et Victorine le charme et la consolation de ses vieux jours, les gâtait encore plus que ne le faisait leur mère. Jamais il n'avait osé leur adresser la plus simple re-

montrance, leur faire éprouver la plus petite contra-
diction Mais, si folâtrer avec elles, les caresser tour
à tour, était sa plus douce jouissance, leur réciter
sans cesse des contes de grand'mères, des histoires
de spectres qui apparaissent la nuit, de sorciers et
de revenants, rire de la frayeur qui souvent se
peignait sur les traits et dans tous les mouvements de
Victorine et d'Hersilie, telle était aussi l'étrange
manie de ce vieillard.

On conçoit qu'une pareille éducation dût nuire aux
qualités aimables des deux jeunes personnes. Leur
imagination, frappée depuis l'enfance par mille
tableaux, par mille récits effrayants, les avait con-
duites à trembler au moindre bruit, à tressaillir au
plus simple événement. Tant qu'elles furent dans un
âge où tout s'excuse, cette frayeur enfantine amusait
M. de Mirecourt et tous ceux qui se présentaient chez
lui; mais, à l'époque de l'adolescence, cette fausse
peur continuelle devint si fatigante, que madame de
Valville et son père résolurent de mettre tout en
œuvre pour corriger les deux jeunes sœurs, qui devenaient chaque jour la fable et l'amusement de toutes
les sociétés où elles étaient admises.

On ne détruit pas facilement des impressions tant
de fois réitérées. Ce n'est que par de fortes secousses
qu'on peut déraciner le vice d'une mauvaise éducation. Hersilie fut la seule qui eut la force de vaincre
par degrés cette stupeur pusillanime qui lui causait
tant de mal et lui attirait tant d'humiliations. Plus
fortement constituée que Victorine, et d'un caractère

plus prononcé, elle s'arma de résolution, de courage, et parvint, non sans beaucoup d'efforts, à devenir moins peureuse, et même à se moquer de toutes les extravagances que ce défaut risible faisait faire chaque jour à sa sœur.

La pauvre Victorine, toujours la tête remplie des contes de son grand-père, était insensiblement tombée dans une pusillanimité qui maîtrisait tous ses sens. Un inconnu paraissait-il au château, c'était, selon elle, un malfaiteur qui en voulait à ses jours; un chien de basse-cour pénétrait-il dans les appartements, c'était une bête enragée qui venait la dévorer; une cloche des villages voisins se faisait-elle entendre, c'était le tocsin qui annonçait une émeute ou bien un incendie; quelques conscrits rejoignant leurs drapeaux s'arrêtaient-ils devant le château pour se reposer et prendre quelques rafraîchissements, c'était, aux yeux de Victorine, une armée ennemie qui venait mettre tout à feu et à sang; en un mot, son imagination grossissant chaque objet qui s'offrait à sa vue, elle ne voyait partout que fantômes et brigands, que meurtre, pillage et destruction.

Madame de Valville, gémissant, mais trop tard, de cette faiblesse de Victorine, chercha vainement tous les moyens de la détruire. Pour y parvenir, elle ne se séparait plus de sa fille, la faisait coucher dans sa chambre, et ne permettait pas qu'on racontât devant elle la moindre aventure terrifiante.

Un soir que madame de Valville se promenait seule, avec ses deux filles, au fond du parc du château, elles entendirent, derrière un bosquet, des cris plaintifs qui ressemblaient à la voix d'un enfant. Victorine s'arrête tout à coup, et s'écrie : « C'est le fils du jardinier qu'on assassine! — Quelle erreur est la vôtre! lui dit madame de Valville : dans ce parc si bien fermé de tous côtés! y songez-vous, ma fille! Avançons et voyons ce que ce peut être. — Oui, reprit Victorine avec plus de frayeur encore, c'est la voix du petit Paul qu'on assassine, ou bien qui se noie dans le grand bassin. — Raison de plus, reprit madame de Valville, pour voler à son secours. — Sans doute, ma sœur, ajouta Hersilie, le mal n'est peut-être pas aussi grand que tu te l'imagines : allons, viens avec nous. »

A ces mots, elle entraîne Victorine vers l'endroit où les cris se faisaient entendre. Bientôt elles aperçoivent un agneau dont le pied s'était embarrassé dans une palissade, et qui, n'ayant pu rejoindre l'étable avec les autres, faisait, en bêlant, des efforts pour se dégager. « Que vois-je! s'écria Victorine, c'est Chéri! c'est lui-même; il porte encore à son cou le ruban rose que je lui attachai l'autre jour. » A ces mots, elle s'élance vers l'agneau, le dégage de la palissade, le prend dans ses bras et lui prodigue les plus douces caresses. « Vous voyez bien, ma fille, lui dit madame de Valville, que, si nous eussions cédé à votre fausse peur, le pauvre petit animal n'aurait pu sortir de l'entrave où il était retenu, et peut-être eût-il péri, cette nuit, de faim et de souffrance. »

Une autre fois, Victorine parcourait seule avec sa

mère la lisière de la forêt de Sénart, dans laquelle
jamais elle n'avait osé pénétrer, la regardant comme
le repaire de tous les voleurs de dix lieues à la ronde.
Elle ne pouvait s'empêcher d'admirer ces longues
allées qui se perdent dans l'horizon ; elle était attirée
par la fraîcheur des ombrages, par le parfum des
plantes aromatiques, des chèvrefeuilles sauvages, et
surtout par le chant mélodieux des oiseaux de toute
espèce qui habitent ces paisibles demeures. Madame
de Valville, voulant profiter du charme qu'éprouvait
sa fille pour dompter sa timidité, la conduisait d'arbre
en arbre, et la faisait insensiblement avancer dans la
forêt. « Avouez, lui disait-elle, qu'il y a du plaisir à
respirer sous ce feuillage, à se trouver tout près de
ces oiseaux nombreux qui ravissent par leurs chants.
— Oui, répondit Victorine, avançant comme par en-
chantement, cet aspect est délicieux ; l'air qu'on respire ici porte dans l'âme une douceur et je ne sais
quel charme... » Mais tout à coup elle s'arrête, fris-
sonne, et, changeant de couleur, elle dit à sa mère :
« Sauvons-nous, ou c'est fait de notre vie ! — Quelle
vision vous prend encore ! — Voyez-vous, à travers
ces branches épaisses, un brigand qui vient vers
nous ? — Je n'aperçois rien du tout. — Je vous dis
qu'il nous regarde, il accourt ; il a six pieds de haut,
il tient à la main je ne sais quoi de chevelu ; c'est sans
doute la tête du dernier malheureux qu'il vient de
tuer. Embrassons-nous, maman, le monstre va nous
assassiner... »

En achevant ces mots, Victorine, pâle et trem

blan*e, se réfugiait dans le sein de sa mère. Un bruit, en effet, se fait entendre derrière le feuillage, et ce brigand, de six pieds de hauteur et tenant à la main une tête sanglante, n'était qu'un jeune et gentil pâtre d'environ douze ans, qui, ayant aperçu ces deux dames, accourait leur proposer d'acheter un nid de tourterelles qu'il venait de découvrir dans la forêt. Madame de Valville ne put s'empêcher de rire aux éclats de la terreur panique de Victorine, qui fut elle-même forcée d'avouer toute sa faiblesse. Elle acheta le nid du jeune pâtre, voulut soigner seule les deux tourtereaux qu'il contenait; et, rougissant de sa frayeur à l'aspect de ce couple charmant, symbole de la douceur et de la tendresse, elle forma pour la première fois la résolution de dompter sa ridicule pusillanimité.

Mais plusieurs événements qui survinrent semblèrent contrarier les stoïques résolutions de la pauvre Victorine, et il s'en fallut qu'elle devînt ce qu'elle désirait être. Une nuit d'hiver qu'elle était couchée dans la chambre de sa mère, elle crut entendre du bruit dans l'appartement. Elle écoute en frémissant et respirant à peine. Un bourdonnement frappe son oreille : elle s'imagine aussitôt que c'est un chat-huant, ou plutôt un dragon volant qui s'est introduit par la cheminée. Elle désire, mais n'ose réveiller encore madame de Valville, qui dort paisiblement. Levée sur son séant, et saisie par le froid, elle veut prendre un châle qu'elle avait coutume de mettre sur une bergère auprès de son lit, étend le bras et pose la

main sur une peau velue : elle pousse un cri épou‑
vantable. Madame de Valville, réveillée en sursaut,
se lève, accourt. Victorine lui assure, en s'enfonçant
dans ses draps et jetant la couverture par-dessus sa
tête, qu'il est entré par la cheminée un dragon volant,
et que là, tout près d'elle, est une bête fauve sur
laquelle elle a mis la main. « Oh! pour cette fois,
s'écrie-t-elle, ce n'est point une fausse peur : j'ai en‑
tendu, j'ai touché moi-même ces monstres épouvan‑
tables. Ils vont nous dévorer. »

Pendant que Victorine exhale ainsi sa frayeur,
madame de Valville allume la bougie, et reconnaît
que le dragon volant était un papillon de nuit qui
voltigeait dans la chambre; quant à la bête fauve que
Victorine avait en effet touchée, et dont elle croyait
déjà sentir les griffes menaçantes, c'était tout simple‑
ment sa palatine de cygne, déposée la veille, par
mégarde, sur un meuble qui se trouvait auprès de
son lit. Madame de Valville découvre aussitôt la
visionnaire, l'arrache de dessous les oreillers où elle
s'était blottie, l'oblige à convenir elle-même de son
extravagance, et fait enfin succéder le rire à la
stupeur. Victorine, confuse, se repentant d'avoir
troublé le sommeil de sa mère, prit encore une fois la
résolution de s'armer de courage, et de renoncer pour
jamais à ses visions, qui la rendaient à juste titre le
jouet de tout le monde.

A l'hiver succédèrent les beaux jours du printemps.
Madame de Valville venait de recevoir une lettre
d'Ernest, son fils unique, et le frère bien-aimé de

Victorine et d'Hersilie. Il leur annonçait que, devant être envoyé par le général dont il était aide-de-camp, pour remettre des dépêches importantes en Allemagne, il passerait le 11 juin, entre neuf et dix heures du matin, sur la grande route qui traverse la forêt de Sénart, et qu'il aurait le bonheur d'embrasser sa famille au château de son grand-père; mais il prévenait en même temps qu'il ne pourrait y rester tout au plus qu'une heure, tant ses ordres étaient précis.

Cette nouvelle combla de joie M. de Mirecourt, madame de Valville et ses deux filles. Tous les gens du château se faisaient également une fête de revoir le jeune aide-de-camp, absent depuis près de deux années. « Que j'aurai de plaisir, s'écriait Victorine, à presser dans mes bras mon cher Ernest, l'ami de mon enfance, qui toujours m'a témoigné tant d'attachement! Que je voudrais être à ce 11 juin! ce sera l'un des plus beaux jours de ma vie. »

Bientôt arriva ce jour tant désiré. L'allégresse et le bonheur éclataient dans tout le château. Hersilie et Victorine, levées de grand matin, avaient fait préparer le déjeuner le plus splendide, auquel M. de Mirecourt avait fait inviter plusieurs de ses voisins. Enfin neuf heures sonnèrent. « Si tu n'étais pas si peureuse, dit Hersilie à sa sœur, nous irions au-devant d'Ernest sur la grande route, tandis que notre mère reçoit tout son monde. — Oh! s'il ne fallait pas pour cela, répondit Victorine, parcourir une partie de la forêt, je te l'aurais déjà proposé. — Bah! reprit Hersilie, il ne s'agit que de traverser deux allées,

dont l'une touche à notre parc : le feuillage est si
frais, le temps si délicieux et la nature si belle!...
Nous aurions le bonheur d'embrasser Ernest les premières; c'est une occasion favorable de dompter cette
fausse peur qui t'attire tant de plaisanteries, et qui,
tu le sais, dép¹aît tant à notre frère. — Eh bien! j'y
consens, dit Victorine : oui, je veux prouver à Ernest
que j'ai suivi les conseils qu'il me donne dans toutes
ses lettres, et que je suis maintenant digne d'être la
sœur d'un brave tel que lui. Donne-moi le bras, ma
sœur; ne me quitte pas surtout, et entrons dans la
forêt sans rien dire à personne. »

A ces mots, Hersilie ouvre la grille du parc qui
donnait entrée dans une allée du bois, la laisse ou-
verte, et se met à parcourir à toutes jambes cette
allée avec Victorine. Celle-ci, se serrant près de sa
sœur, frissonnait malgré elle et changeait de couleur
dès qu'elle mettait le pied sur la plus petite branche
desséchée, ou qu'elle entendait le moindre souffle du
zéphyr agiter doucement le feuillage. « Allons, Victorine, allons, un peu de courage; tu vois que ce n'est
rien; ne songeons qu'au plaisir de revoir, d'embrasser notre cher Ernest. — N'entends-tu pas un bruit
terrible derrière ces genêts en fleur? — C'est un petit
lapin qui s'enfuit, presque aussi tremblant que toi. —
Ne vois-tu pas à travers ces chèvre-feuilles je ne sais
quoi de fauve qui remue et semble s'élancer! — C'est
un jeune chevreuil qui nous prend pour des chas-
seurs. — Oh! pour cette fois nous sommes perdues!
N'entends-tu pas?... — Quoi donc? — Ces coups de

sifflet qui partent du côté de ces grands ormes? —
C'est peut-être le chant de quelque oiseau sauvage.
— Non, non, ce sont des coups de sifflet, te dis-je :
les entends-tu qui recommencent? c'est le signal des
voleurs : sauvons-nous, ma sœur, sauvons-nous !... »

A ces mots, Victorine s'enfuit épouvantée, courant
de toutes ses forces, et, prenant le premier sentier qui
se présente à sa vue, elle s'enfonce dans le bois, et
disparaît aux yeux d'Hersilie. Celle-ci court vainement après elle, et reconnaît que les coups de sifflet
que sa sœur prenait pour le signal des brigands
n'étaient que les sons aigus et répétés qui précèdent
ordinairement le ramage du rossignol. Elle appelle
encore Victorine, la cherche de tous côtés; mais,
craignant elle-même de se perdre dans la forêt, elle
reprend l'allée qui conduisait à la grille du parc de
M. de Mirecourt et rentre au château; elle raconte à
sa mère la nouvelle frayeur de Victorine, et les vains
efforts qu'elle avait faits pour la convaincre de son
extravagance.

A peine Hersilie avait-elle achevé son récit, que le
bruit de coups de fouet réitérés et de chevaux au
galop annonce l'arrivée d'Ernest, qui entrait en effet
à franc étrier; il se précipite dans les bras de sa mère,
de son aïeul et de sa sœur. La joie qu'il éprouvait en
les revoyant l'avait saisi au point que d'abord il ne
s'était pas aperçu de l'absence de Victorine, mais
bientôt, la cherchant des yeux, il s'imagine qu'elle
est malade. Hersilie le rassure en riant, et lui raconte
l'aventure qui vient d'avoir lieu dans la forêt. « Je

reconnais là ma peureuse, reprit Ernest, et je crains
bien que son mal ne soit incurable; cependant j'ai
besoin de la voir, de l'embrasser: il y a si longtemps
que je n'ai joui de ce bonheur! — Elle ne va sûrement
pas tarder à revenir au château, reprit M. de Mirecourt; elle aura trouvé quelques pâtres, quelques
bûcherons qui se seront fait un devoir de l'accompagner jusqu'ici. — Mais le temps presse, dit madame
de Valville; mettons-nous à table, et profitons du peu
d'instants que notre cher aide-de-camp peut nous
accorder. — Comme les armes vous développent un
jeune homme! reprit M. de Mirecourt, pressant encore son petit-fils dans ses bras; il ne laisse pas
d'avoir l'air martial; et, quoique à peine sur ses dix-
sept ans, il ne s'en faut pas beaucoup qu'il ne soit de
ma taille. »

Pendant tout le déjeuner, Ernest ne cessait de
porter ses regards vers les croisées qui donnaient sur
la grande allée du parc. Il répétait à tout moment :
« Elle ne vient pas! faut-il qu'une fausse peur me
prive du plaisir de la voir! » L'heure accordée à
Ernest s'était rapidement écoulée. Esclave de son
devoir, le jeune militaire, après avoir embrassé sa
famille, remonte à cheval, suivi du postillon, qui
avait pris quelques rafraîchissements; il regarde
encore la grande allée du parc, et reprend la route
d'Allemagne en répétant les yeux mouillés de larmes :
« Oh! ma chère Victorine, je n'ai donc pu t'embrasser! »

Sitôt après le départ d'Ernest, M. de Mirecourt et

madame de Valville, inquiets de la trop longue
absence de la peureuse, et craignant qu'il ne lui fût
arrivé quelque accident, allèrent, avec Hersilie et
tous les gens du château, à la découverte de la jeune
fugitive.

Celle-ci, en quittant brusquement sa sœur, s'était
enfoncée dans un épais taillis, où elle entendit encore
les sifflements du rossignol, qu'elle prenait toujours
pour un nouveau signal de voleurs. Elle se réfugia
dans un ravin profond. Le même bruit s'y faisait entendre; elle pénétra toujours plus avant sous les
arbres, en se disant à chaque pas : « Il faut que cette
forêt soit remplie de brigands, ils m'entourent de
tous côtés; si du moins ma sœur était avec moi! Mais
sans doute les voleurs se sont emparés d'elle, et je
suis seule! O mon Dieu! mon Dieu! que vais-je devenir? » Comme elle parlait ainsi, une biche qui
allaitait son faon l'aperçoit et se sauve dans le feuillage. Le bruit que fit l'animal timide causa une telle
stupeur à Victorine, qu'elle s'enfuit effarée à travers
une haute futaie dont l'ombrage sombre et solitaire
ajoutait encore à sa frayeur; tout à coup elle se sent
arrêtée dans sa course... sa robe s'était accrochée à
un vieux tronc d'arbre. La pauvre Victorine, convaincue que c'est un brigand qui déjà met la main sur
elle, tombe la face contre terre, criant miséricorde, et
recommandant son âme à Dieu. Elle était encore
dans cette position, couverte d'une sueur froide et
presque sans connaissance, quand M. de Mirecourt,
madame de Valville, Hersilie et tous ceux qui les

accompagnaient l'aperçurent de loin. Ils crurent qu'en
effet elle avait été atteinte par quelque animal sauvage. Madame de Valville et son père éprouvèrent
une frayeur mortelle; mais bientôt ils furent rassurés
par un mouvement convulsif de la fugitive, qui, toujours l'esprit frappé, s'écriait, les mains jointes et
sans oser tourner la tête : « Messieurs les brigands,
ne me tuez pas, je vous en prie! je m'appelle Victorine : je n'ai rien à vous offrir; mais je suis la petite-
fille de M. de Mirecourt, qui vous donnera une ample
récompense si vous daignez me reconduire à son
château; miséricorde, messieurs les brigands, miséricorde ! »

En terminant cette étrange prière, Victorine s'aperçoit enfin que les brigands dont elle implorait la pitié
étaient sa mère, son aïeul et sa sœur, qui la relevè-
rent, et, la pressant dans leurs bras, lui rendirent
toute sa raison. Sa robe, encore accrochée au tronc
d'arbre, lui fit connaître sa méprise; un rossignol,
qui tout près de là recommença le prélude de son
ramage délicieux, la détrompa sur les coups de
sifflet qu'elle croyait entendre à chaque pas. Elle ne
put s'empêcher, malgré toute l'altération qui régnait
encore sur ses traits, de rire elle-même de sa faiblesse
et de la maudire. Mais ce qui la lui fit détester encore
plus, ce fut lorsque Hersilie lui eut appris qu'Ernest
avait passé pendant son absence, et que, fidèle aux
ordres de ses supérieurs, il avait été forcé de partir
sans embrasser sa chère Victorine.

« Si tu l'avais vu, ajouta Hersilie, il ne pouvait

manger; il ne cessait de porter ses regards vers la
forêt; et en remontant à cheval il m'a dit, tout ému :
« Puisqu'un défaut aussi ridicule me prive du bonheur
de presser Victorine dans mes bras, peins-lui bien
tous mes regrets, et donne-lui, du moins, ce bon
baiser pour moi. »

La pauvre Victorine fondit en larmes à cette commission dont s'acquitta si fidèlement sa sœur. « Quoi !
disait-elle en sanglotant, Ernest, mon cher Ernest,
est resté une heure au château, et je n'y étais pas ! Il
va courir mille dangers au champ d'honneur; peut-
être ne le reverrai-je de ma vie; et je n'ai pu l'embrasser à son passage, lui adresser mes vœux pour
son bonheur, pour sa conservation ! Oh ! c'est bien en
ce moment que je déteste et que j'abjure à jamais ma
sotte frayeur. »

Cette dernière résolution de Victorine fut irrévocable. Les spectres, les brigands, les voleurs, ne vinrent plus s'emparer de sa tête ni tourmenter son
imagination. Elle prit l'habitude, avant de s'alarmer,
de bien examiner tout ce qu'elle voyait ou entendait;
peu à peu elle devint aussi calme, aussi courageuse
qu'elle avait été jusqu'alors inquiète et craintive, et
reconnut enfin que souvent la peur du mal cause
plus de tourment que le mal même.

LES SOULIERS VERTS.

La nature, en nous créant, met entre nous une variété et une dissemblance remarquables. Nos traits ne se ressemblent pas plus que nos caractères; et souvent on voit les contrastes les plus frappants entre deux êtres formés du même sang, nourris du même lait, instruits par le même maître.

M. de Fontannes, colonel d'artillerie, était allé rétablir sa santé dans une terre située sur les bords de la Marne. Il se livrait entièrement à l'éducation de ses deux filles, Adèle et Stéphanie. L'aînée, blonde, et d'une douceur angélique, mettait son plus grand plaisir à donner tout ce qu'elle avait, à secourir tous les malheureux qui s'offraient à sa vue. Stéphanie, au contraire, d'une taille beaucoup plus élevée, brune, les yeux enfoncés, le front étroit et couvert de cheveux noirs et bouclés, était d'un égoïsme révoltant, ne donnait jamais rien, craignant toujours de manquer de tout, et ne répondant que par un sourire amer aux infortunés qui réclamaient son assistance.

Dans la belle saison, madame de Fontannes réunissait ordinairement à sa terre la société la plus brillante. On était alors au mois de mai; par un charmant caprice de la mode, une jeune personne élégante parut avec des souliers verts qui excitèrent l'envie de Stéphanie et d'Adèle; et madame de Fontannes, pour

complaire à la fantaisie de ses filles, s'empressa de
leur en faire faire de pareils.

Soit que la couleur en fût analogue à la nouvelle
verdure qui parait la campagne, soit le désir de
l'imitation, jamais chaussure n'avait paru aux deux
sœurs plus jolie et plus distinguée.

Elles portaient leurs souliers verts pour la première
fois : c'était un dimanche; M. et madame de Fontannes revenaient de l'église, dans une calèche, avec
leurs deux filles. En traversant le hameau, Adèle
aperçut une jeune villageoise à peu près de son âge,
qui, profitant d'un moment où la voiture était arrêtée,
s'avançait les pieds nus, et implorait des secours pour
son vieux père, ancien passeur du bac, depuis longtemps infirme et hors d'état de travailler. « Elles
disent toutes de même! s'écria Stéphanie, je gagerais
qu'il n'y a pas un mot de vrai dans tout ce qu'elle
nous conte là. » — Moi mentir, ma belle demoiselle!
reprit Françoise (c'était le nom de la jeune fille); demandez plutôt à tous nos voisins, ils vous certifieront
que le pauvre Jérôme n'a que sa fille pour soutien, et
qu'il n'existe que des aumônes que je vais, sans rougir, demander pour lui dans tous les environs. — Eh!
pourquoi n'êtes-vous pas venue au château de Fontannes? lui dit Adèle du ton de la plus tendre pitié. —
Oh! ma bonne demoiselle, quand on nous reçoit
durement, nous n'osons plus nous exposer à ce qu'on
nous refuse. — Qui donc a pu vous mal accueillir
chez moi? » dit brusquement M. de Fontannes.

Françoise voulut cacher le nom de la personne

dont elle avait tant à se plaindre; mais la rougeur subite de Stéphanie désigna la coupable. « Tenez, dit M. de Fontannes à cette dernière, remettez ce louis à cette jeune infortunée : assurez-la bien que jamais elle ne sera reçue au château avec dédain, et que tous les dimanches vous lui remettrez vous-même pareille somme, jusqu'à ce que son vieux père soit rétabli. — Et moi, dit aussitôt Adèle, afin de rompre l'entretien, qui devenait embarrassant pour sa sœur, je ne veux pas que cette jeune fille aille ainsi nu-pieds chercher des secours pour son père : je me charge de ses chaussures. » Aussitôt elle dénoua les cordons de ses jolis souliers verts, et les donna à Françoise. Celle-ci les mit à l'instant même à ses pieds, se promettant bien d'aller dès le lendemain remercier la belle demoiselle, qui disparut bientôt avec sa famille, laissant dans le cœur de la villageoise le plus tendre souvenir.

Arrivée au château, Adèle reprit des chaussures moins fraîches et moins à la mode, mais qui lui parurent charmantes par l'usage qu'elle avait fait des autres. Au dîner, qui réunissait de nombreux convives, Stéphanie loua avec ironie la générosité de sa sœur, et dépeignit avec un dépit concentré la jeune villageoise portant de charmants souliers verts sous les haillons de l'indigence. « Qu'importe ! répondit Adèle; ses pauvres pieds ne seront plus déchirés sur les cailloux; c'est tout ce qu'il me faut. » Stéphanie allait continuer ses plaisanteries; mais elle fut interrompue tout à coup par un regard sévère de M. de Fontannes, qui raconta l'aventure à toute la société. Chacun re-

garda Stéphanie avec étonnement, et adressa les plus
aimables félicitations à la sensible Adèle, qui fut invitée à faire une collecte pour sa pauvre protégée.

De son côté, l'intéressante fille de Jérôme était
allée lui annoncer ce qui venait de se passer, et lui
remettre le louis que lui avait donné M. de Fontannes.
« Oh! mon père, s'écria-t-elle, vous ne manquerez
plus de rien, j'espère vous voir bientôt rétabli et en
état de passer le bac du village... » Montrant ensuite
ses jolis souliers verts, qui lui serraient un peu les
pieds, elle ajouta : « C'est cet ange de bonté qui me
les a donnés. Se déchausser pour moi! oh! l'aimable
figure! je la vois toujours là. — Puisse le ciel, dit à
son tour le vieillard, ne pas permettre que je meure
sans voir et remercier ma chère bienfaitrice!... »

Aussitôt Françoise alla chercher dans le village
tout ce qui était nécessaire à la guérison de son père,
faisant remarquer à tout le monde ses beaux souliers
verts, et racontant son heureuse aventure. Le lendemain elle se rendit au château de Fontannes; Adèle
lui remit la collecte, qui se montait à une somme
assez forte, et y joignit toutes les chaussures dont
elle pouvait disposer en ce moment. M. de Fontannes,
présentant lui-même Françoise à Stéphanie, lui dit :
« En effet, ma fille, comme vous l'avez très-bien
observé hier, les souliers verts de votre sœur vont
mal avec ces vêtements en lambeaux; ne trouvez-
vous pas qu'il serait possible de mettre plus d'accord
dans l'habillement de cet intéressant modèle de la
piété filiale?... » Stéphanie, qui comprit parfaitement

son père, ne put s'empêcher de faire à Françoise une
faible offrande, composée de quelques jupes déchirées
et de quelques bas usés. La jeune fille accepta par
obéissance, se promettant bien de ne se vêtir que des
dons de sa véritable bienfaitrice. En sortant du château, elle quitta les souliers verts, les mit dans son
tablier, afin de les conserver le plus longtemps possible, et chaussa à leur place de bons souliers de cuir
noir, qui se trouvaient dans la collection de chaussures qu'Adèle lui avait fait accepter.

Tant de bonheur et de dons réitérés achevèrent
promptement de rétablir le vieux Jérôme. Se trouvant, quelque temps après, sur le passage de la
famille de Fontannes, il se présenta avec sa fille, lui
offrit ses remercîments et ses bénédictions. Ses regards se portaient surtout sur Adèle, dont il ne put
s'empêcher de prendre une main, qu'il baisa avec
toute l'expression de la reconnaissance. Il invita cette
honorable famille à venir un jour visiter sa cabane.
M. de Fontannes s'y engagea, et, quelque temps
après, le bon Jérôme eut l'honneur et le plaisir de
recevoir chez lui l'homme bienfaisant à qui il devait
la vie.

La joie de Françoise était inexprimable : parée de
tous les dons d'Adèle, et principalement de ses souliers verts, elle avait préparé sur les bords de la
rivière une hutte de feuillage et de fleurs; elle y
avait établi des bancs couverts de mousse, qui entou-
raient une table de pierre sur laquelle se trouvaient
réunis les plus beaux fruits de la saison, une ample

friture d'excellents poissons de la Marne, des gâteaux
frais et le meilleur laitage. Douze jeunes filles du
village, vêtues de blanc et amies de Françoise,
l'aidaient à faire les honneurs de ce repas champêtre.
Adèle était l'objet de leurs soins les plus empressés.
Stéphanie ne recevait, au contraire, que des prévenances forcées; elle sentait qu'on ne respectait en
elle que le nom qu'elle portait, et qu'elle n'avait aucune part, aucun droit à la reconnaissance de ces
bons villageois.

Après le repas, Françoise fit un signal, et aussitôt
parut sur la rivière un batelet orné de fleurs. On proposa à la famille de Fontannes une promenade sur
l'eau, ce qu'elle accepta avec plaisir. Aussitôt le
vieux Jérôme, qui avait recouvré toute sa vigueur, se
mit à la rame avec Françoise, et conduisit ses respectables hôtes dans une île charmante située à peu de
distance du rivage.

Le soir, au moment où chacun reprenait place dans
les batelets, Stéphanie, aussi étourdie qu'imprudente,
voulut manœuvrer à son tour et prit une rame; mais
le mouvement qu'elle fit en arrière lui fit perdre
l'équilibre; elle tomba dans l'eau. Adèle, jetant un
cri perçant, veut la retenir, et aussitôt elle-même est
entraînée avec sa sœur. M. de Fontannes se précipite
au secours de la première de ses filles qui se présente
à sa vue, mais il ne peut l'atteindre. Le vieux Jérôme
s'élance de son côté en s'écriant : « Oh! ma chère
bienfaitrice!... » Bientôt il revient au village, portant
dans ses bras Adèle, qui reprit connaissance et s'em-

pressa de donner des soins à sa mère évanouie. Pendant ce temps-là, plusieurs villageois, s'étant jetés à la nage, sauvèrent d'abord M. de Fontannes; enfin ils rapportèrent dans la cabane de Jérôme, Stéphanie, restée dans l'eau assez longtemps. Elle paraissait avoir perdu la vie, et fut une demi-heure sans mouvement; mais la nature, aidée de secours prodigués avec intelligence, triompha de la secousse terrible qu'avait reçue la jeune fille. Elle reprit ses sens et rouvrit les yeux... « Excusez, Mademoiselle, lui dit Jérôme avec sa franchise naturelle, si j' n'ons songé d'abord qu'à s'courir votre sœur : je lui dois la vie : je n'ai dû m'occuper qu'à sauver la sienne. » Ces mots, prononcés avec l'accent de la vérité et de la reconnaissance, firent sur Stéphanie l'effet le plus terrible : elle sentit alors que l'égoïsme nous aliène tous les cœurs, et qu'on n'a pas le droit d'exiger des autres plus qu'on ne fait pour eux.

Cependant on s'empressa de faire quitter aux deux jeunes personnes leurs vêtements mouillés. Françoise, allant de l'une à l'autre, prodiguait tous ses soins, offrait tout ce qui était en son pouvoir. Adèle, qui avait comblé cette jeune fille de dons de toute espèce, reçut avec un plaisir inexprimable ce qu'il fallait pour s'habiller, et s'applaudit plus que jamais de retrouver dans cette circonstance ses propres vêtements. Quant à Stéphanie, beaucoup plus grande qu'Adèle, il lui fallut se contenter d'une robe de cette dernière, et Françoise, en l'aidant à s'en revêtir tant bien que mal, lui disait ingénument : « Excusez,

Mademoiselle, si je n'ai rien qui aille mieux à votre belle taille; si tant seulement j'avais reçu de vous une bonne jupe, vous la retrouveriez... » Stéphanie, confuse de cette pénible vérité, se promit bien de ne plus s'exposer à de pareils reproches et de goûter à son tour les charmes de la bienfaisance.

Enfin la famille de Fontannes remonta en voiture. Au moment où l'aimable Adèle y prit place, Françoise, lui baisant les mains et lui désignant les souliers verts qu'elle avait eu tant de plaisir à rattacher aux pieds de la jeune demoiselle, lui dit à plusieurs reprises : « Vous me les rendrez, au moins! songez bien que je leur dois mon bonheur et la guérison de mon père. »

On prétend que, cette anecdote ayant été répandue dans Paris, toutes les dames se sont empressées de porter des chaussures vertes, que depuis ce moment elles ont nommées *souliers à la Françoise*.

LE CACHEMIRE.

Ne juger que sur l'habit est une erreur qui souvent nous empêche de rendre, aux êtres les plus respectables, les égards qu'ils méritent, et nous fait quelquefois accorder des hommages à ceux qui en sont le

C'est d'après cette vérité que Sédaine,

qui savait si bien prendre la nature sur le fait, composa son *Epître à mon Habit*, chef-d'œuvre de morale et de naturel.

M. de Forlis, chef de division au ministère de la guerre, était aussi recommandable par les services qu'il avait rendus à l'Etat que cher au public, à qui il ne cessait de donner des marques d'obligeance et de bonté. C'était surtout en temps de guerre que cet homme respectable exerçait les rares qualités de son âme aimante et sensible. A peine se réveillait-il le matin, que son appartement se remplissait des parents et des amis de tous les braves. Chacun, après un grand combat, venait lui demander des nouvelles de l'être qui lui était cher. Là, une femme éplorée accourait s'informer si son mari vivait encore; ici une mère pâle et tremblante s'avançait pour savoir si son fils, l'unique espoir de sa vieillesse, avait été victime de son courage; plus loin deux jeunes sœurs se mêlaient dans la foule, et faisaient, en tremblant, plusieurs questions sur un frère bien-aimé qui s'était trouvé à telle affaire, où il avait fait des prodiges de valeur; enfin, jusqu'au moment où M. de Forlis sortait de chez lui, dans l'escalier et jusqu'à la porte de son hôtel, une foule de personnes de tout sexe et de tout âge l'interrogeaient, le consultaient comme un père, et toujours en recevaient les réponses les plus consolantes ou les plus flatteuses. Si celui de qui l'on venait s'informer existait encore, M. de Forlis partageait la joie des personnes qui s'intéressaient à son sort; si la mort l'avait moissonné au champ d'hon-

neur, M. de Forlis ne répondait que par un soupir
douloureux, et s'empressait alors d'offrir ses consolations à ceux que son silence avait affligés.

Souvent il arrivait qu'en l'absence de M. de Forlis,
Palmyre, sa fille unique, recevait les personnes que
de pareils motifs amenaient chez son père. Elle leur
répétait alors tout ce qu'elle avait appris de lui, et
prenait un grand plaisir à s'acquitter de cet emploi;
mais chacun remarquait avec peine que l'accueil
qu'elle faisait variait selon la mise des personnes qui
se présentaient chez elle. Celui qui n'était que simplement vêtu était traité par la jeune demoiselle avec
indifférence; celui qui n'était couvert que de vêtements grossiers avait à peine la permission d'entrer,
et ne recevait que des réponses vagues, toujours
accompagnées d'un ton de mépris; mais quelqu'un
paraissait-il vêtu richement ou avec élégance, une
femme surtout se présentait-elle enveloppée d'un
cachemire ou portant quelques diamants, c'était une
prévenance, une politesse et les égards les plus cares-
sants; Palmyre offrait elle-même un fauteuil, faisait
asseoir auprès d'elle sur le canapé, et donnait alors
tous les renseignements qu'elle détaillait avec la plus
gracieuse obligeance.

M. de Forlis, s'étant aperçu de ce ridicule, résolut
de faire subir à sa fille quelques épreuves qui pussent
la corriger.

Un jour que Palmyre recevait beaucoup de monde
en l'absence de son père, un pauvre vieillard à cheveux blancs, et médiocrement vêtu, se présente à la

porte du salon, malgré plusieurs domestiques qui lui défendaient d'approcher. Il s'avance, les yeux baissés et n'osant proférer une parole.

« Pourquoi donc laisser entrer ici? » dit brusquement la jeune personne. Puis, se tournant avec dédain vers le vieillard timide, elle lui dit en s'asseyant, et même sans le regarder : « Que voulez-vous, mon ami? Dépêchez-vous, car je suis très-pressée... Eh bien! parlez donc... Que désirez-vous? — Hélas! ma belle demoiselle, répondit l'inconnu en recoquillant son chapeau et se tenant toujours près de la porte, je venais savoir si l'on avait des nouvelles du brave maréchal qui commande en ce moment nos armées, et qui, dit-on, a été blessé dans le dernier combat. — Il va mieux, tout à fait mieux, reprit négligemment Palmyre. Est-ce que vous appartenez au maréchal? ajouta-t-elle en toisant le vieillard de la tête aux pieds. — Oui, ma belle demoiselle; j'ai le bonheur de lui appartenir. — Vous êtes son portier, peut-être? — Non, Mademoiselle. — Un vieux laquais réformé? — M. le maréchal n'a jamais réformé personne. — Ah! je devine : vous êtes un de ceux qui ont part aux bienfaits qu'il se plaît à répandre en secret sur l'indigence? — Il est vrai que M. le maréchal est l'espoir et la consolation de ma vieillesse, reprit l'inconnu, souriant malgré lui, et regardant à son tour la questionneuse indiscrète. — Comment! reprit Palmyre avec un peu moins de hauteur, seriez-vous donc de la famille de M. le maréchal? — Je vous ai déjà dit que j'avais le bonheur de lui appartenir. —

Mais de loin, sans doute? — On ne peut plus proche,
je vous assure. — Quoi! Monsieur, vous seriez... —
son père, ma belle demoiselle... » Ces mots firent sur
Palmyre l'effet de la foudre. « Qu'entends-je! ce serait
M. le comte d'Argenteuil que j'aurais l'honneur de recevoir? » reprit-elle en balbutiant : asseyez-vous, je
vous en supplie, et daignez excuser ma méprise...
Mais qui croirait que sous cet humble vêtement, avec
ce ton si modeste?... — La modestie sied à tout âge,
Mademoiselle, à tous les rangs. Je suis si las d'être
honoré pour le riche habit que je porte le plus souvent, que je m'amuse quelquefois à éprouver ce que
vaut un grand seigneur quand il est dépouillé de
toutes ses marques distinctives. J'étais bien sûr
qu'en me présentant ainsi devant mademoiselle de
Forlis je n'aurais qu'à me louer de son accueil... Mais
je m'aperçois que je vous gêne... — Du tout, monsieur le comte, je vous assure. — Pardonnez-moi, on
lit sur votre aimable figure un embarras, une souffrance... D'ailleurs vous êtes très-pressée, m'avez-
vous dit. Je ne voulais qu'être rassuré sur le sort de
mon fils, et je me retire; monsieur votre père ne pouvait mieux choisir que vous, Mademoiselle, pour être
son interprète envers les heureux qu'il fait chaque
jour, ou les malheureux qu'il console. »

En achevant ces mots, qu'il accompagna d'un sourire un peu malin, le vieux comte d'Argenteuil sortit,
et laissa la jeune personne dans une confusion d'autant plus grande, qu'elle craignait que cette scène

étrange ne parvînt aux oreilles de son père, qui la lui
pardonnerait difficilement.

Déjà elle faisait de sérieuses réflexions sur sa
funeste habitude de ne juger que sur les dehors; déjà
même elle se promettait de ne plus s'exposer à de
semblables aventures, qui causaient tant de regrets et
d'humiliations, lorsqu'un domestique, ouvrant les
deux battants de la porte du salon, introduisit une
dame jeune et assez belle, dont la démarche et
l'aisance annonçaient une femme de haute distinction. Un négligé riche et élégant laissait apercevoir la
plus jolie taille; un chapeau, orné d'un beau voile
d'Angleterre, couvrait de longs cheveux bruns qui
s'échappaient en boucles, et un cachemire d'un très-
grand prix était jeté négligemment sur ses épaules...
« Un cachemire aussi riche, se dit tout bas Palmyre,
annonce une femme comme il faut, peut-être une
dame de la cour... — M. de Forlis serait déjà sorti?
dit en entrant l'inconnue; c'est cruel, on ne peut pas
plus cruel. C'était bien la peine de crever mes chevaux! — Madame daignerait-elle prendre la peine de
s'asseoir? lui dit Palmyre en la conduisant à une cau-
seuse; peut-être pourrai-je, en l'absence de mon
père, lui donner les renseignements qu'elle désire. —
Je brûle d'impatience d'avoir des nouvelles de notre
cher maréchal. Sa blessure est-elle dangereuse? Est-
ce au bras gauche? est-ce au bras droit? Sa guérison
sera-t-elle longue? Le reverrons-nous bientôt? —
Sans pouvoir satisfaire en tout la juste inquiétude de
Madame. reprit Palmyre du ton le plus respectueux,

Je puis lui donner l'assurance que les jours de M. le maréchal ne sont plus en danger. — Vous me ravissez, ma belle demoiselle, vous m'enchantez. Ce brave maréchal! il s'est acquis tant de gloire! il m'est devenu si cher! — Madame, je le vois, tient à M. le maréchal par les liens... — Les plus sacrés, mon bel ange. — Serait-ce donc à madame la maréchale elle-même que j'aurais l'honneur de parler? reprit Palmyre en plaçant un tabouret sous les pieds de l'inconnue. — Non, ma toute belle, non, je ne suis point la femme du maréchal; je lui appartiens seulement par l'amitié qui, dès l'enfance, m'unit à la maréchale. Nous habitions le même hôtel, nous nous rencontrions à chaque instant du jour; et vous sentez que, lorsqu'on a contracté l'habitude de se voir, de vivre ensemble... M. de Forlis n'a-t-il que vous d'enfant? — Oui, Madame. — Vous devez lui être bien chère, ajouta-t-elle en passant familièrement sa main sous le menton de Palmyre; on n'a pas, en honneur, plus de grâce et d'affabilité. — Qui pourrait, Madame, manquer aux égards qu'on doit à des personnes telles que vous?— J'en féliciterai monsieur votre père la première fois que je le verrai. Il vient souvent à l'hôtel du maréchal : il faut l'accompagner, mon bel ange, je veux vous présenter au vieux comte d'Argenteuil. — Il sort d'ici dans l'instant, Madame; il brûlait, comme vous, d'avoir des nouvelles de son fils M. le maréchal. — Et sans doute vous l'avez satisfait avec obligeance. Je suis sûre qu'il sera sorti enchanté de vous avoir connue... » Palmyre rougissait de nouveau et ne savait que répondre. « Mais j'oublie, continua la dame, que la baronne d'Armentières, mon amie, m'attend au bois de Boulogne, où je lui donnai rendez-vous hier chez l'ambassadeur de Russie. Je vous quitte, mon bel ange; continuez à faire à tout le monde un accueil aussi gracieux que celui que je reçois, et vous aurez pour amis tous ceux qui se présenteront chez vous... Mais restez donc; je ne veux pas du tout qu'on me reconduise. — Madame, je connais trop ce qui vous est dû. — Ah ça! vous accompagnerez monsieur votre père à l'hôtel, n'est-ce pas? Nous vous ferons entendre d'excellente musique; nous vous conduirons en calèche au bois de Boulogne, dans notre loge à l'Opéra; enfin nous tâcherons de vous amuser. Je vais dès aujourd'hui vous annoncer à mon amie la maréchale, et lui dire tout le bien que je pense de vous... Mais n'allez donc pas plus loin, je l'exige. — Souffrez, Madame, que je vous accompagne jusqu'à votre voiture. — Je n'ai pas la force de m'y opposer, puisque cela me procure le plaisir de vous voir plus longtemps... Au revoir, Mademoiselle! Vraiment on ne fait pas mieux les honneurs de chez soi, on ne connaît pas mieux les usages, les convenances : d'honneur, on n'est pas plus intéressante. »

En achevant ces mots, l'inconnue monte dans une voiture portant en effet les armoiries du maréchal, et disparaît aux yeux de Palmyre, qui rentre chez elle ivre de joie et se promettant bien de répondre à l'honorable invitation qu'on venait de lui faire.

« Comme ces dames de qualité, se disait-elle, sont
aimables et caressantes ! Il n'y a qu'elles pour avoir
ce tact des convenances, ces familiarités encoura-
geantes : si toute autre personne m'eût ainsi passé la
main sous le menton, j'en aurais été blessée, révoltée ;
eh bien ! de la part d'une femme comme il faut, d'une
femme qui va à la cour ! c'est une faveur, une prédi-
lection dont on ne peut s'empêcher d'être fière... »

Comme elle s'enorgueillissait ainsi de la visite de la
belle inconnue, et que d'avance elle se félicitait
d'aller au bois de Boulogne en calèche, et à l'Opéra
dans la loge du maréchal, M. de Forlis rentra pour
dîner, à son heure accoutumée. Palmyre lui rendit un
compte très-détaillée de ce qui s'était passé en son
absence, mais elle se donna bien de garde de lui faire
connaître l'accueil qu'elle avait fait au vieux comte
d'Argenteuil. M. de Forlis parla de ce dernier avec
tout l'élan du respect et de l'admiration. « Je ne connais point dans Paris, disait-il, de seigneur qui lui
soit comparable pour les charmes de l'esprit et les
qualités du cœur. Tous les matins, sous des vêtements grossiers, il va parcourir les greniers de l'indigence, où il répand toutes ses économies, et le soir il
fait les délices des cercles les plus nombreux et les
mieux composés ; il est peu d'hommes plus instruits
et plus aimables. Depuis quarante ans il m'honore de
son amitié ; c'est à son crédit puissant, à son zèle infatigable, que je dois la place honorable que j'occupe
et le bonheur dont je jouis. »

Chaque mot de cet éloge augmentait l'embarras et

la souffrance de Palmyre, qui, depuis cette époque, s'imaginant voir un homme de qualité dans chaque individu qui se présentait chez son père, faisait indistinctement à tous l'accueil le plus affable.

Peu de jours après, elle reçut du comte d'Argenteuil une invitation à dîner avec M. de Forlis. D'abord elle frémit, et, craignant qu'il ne fût question de la manière dont elle avait accueilli cet honorable vieillard, elle prétexta son défaut d'usage du grand monde et pria son père de la dispenser de l'accompagner. « Vous ne pouvez vous exempter, ma fille, de répondre à l'honneur que vous fait le comte... Vous lui devez peut-être plus que vous ne pensez... et vous m'affligeriez sincèrement si vous ne vous empressiez pas de vous rendre à son invitation. »

Ces paroles furent un ordre pour Palmyre. Elle fit ce jour-là une toilette très-recherchée, s'arma de courage, espérant que cet aimable vieillard aurait la générosité de taire ce qui s'était passé entre eux. Elle se rendit donc à l'hôtel avec son père, comptant bien jouir de tous les plaisirs que lui avait promis la belle inconnue.

En entrant dans le salon, elle trouva le vieux comte d'Argenteuil sous les mêmes habits qui avaient causé sa méprise. Il s'avança vers la jeune personne tout interdite, et la rassura bientôt en lui disant avec le plus aimable sourire : « Excusez-moi, Mademoiselle, si je vous reçois dans mon négligé du matin ; mais j'ai pensé que le vieux père d'un maréchal de France

qui s'est couvert de gloire n'avait pas besoin d'ornement à vos yeux. »

La maréchale, sa bru, l'une des femmes les plus
distinguées de la cour par ses talents et sa beauté,
parut bientôt; le comte lui présenta M. de Forlis
comme son digne ami, et sa fille, qu'il recommanda
spécialement à ses bontés. La conversation s'engagea.
Palmyre, portant ses regards de tous côtés, s'étonnait
de ne point voir paraître sa belle inconnue; enfin l'on
vint annoncer qu'on était servi, et l'on se mit à table.
Palmyre ne put s'empêcher de dire à la maréchale :
« Sans doute madame votre amie est absente? ou
bien serait-elle indisposée? — De quelle amie parlez-
vous, Mademoiselle? — De celle, Madame, qui vous
est unie dès l'enfance, et qui me promit, l'autre jour,
que j'aurais l'honneur de la rencontrer ici. — C'est
qu'elle est encore dans son appartement, dit le comte
d'Argenteuil en souriant et faisant un signe d'intelligence à sa bru. Elle a l'habitude de ne jamais faire sa
toilette qu'après celle de la maréchale, et le plus souvent elle ne paraît qu'au dessert... » Palmyre ne pouvait comprendre cette énigme. La maréchale, malgré
les signes de son père, ne la comprenait pas mieux
que la jeune personne; mais tout s'expliqua lorsque,
au moment de servir le café, une femme de chambre
parut, une cafetière à la main, et dans la même
toilette avec laquelle elle s'était présentée chez M. de
Forlis

La confusion de Palmyre fut au comble. Le comte
d'Argenteuil avoua que c'était lui qui, d'accord avec

son ancien ami, avait entrepris de la corriger d'un ridicule qui nuisait aux qualités aimables qu'on remarquait en elle. La maréchale, qui comprit la cause de ce déguisement, se mit à rire aux éclats. L'adroite soubrette demanda à la jeune demoiselle mille et mille pardons d'avoir aussi fortement abusé de sa confiance et de ses égards, en jouant la femme de cour à l'aide de quelques diamants et d'un des plus beaux cachemires de sa maîtresse. M. de Forlis remercia vivement le comte de la leçon donnée à sa fille. Quant à Palmyre, honteuse d'avoir été le jouet de tout le monde, elle regretta les égards respectueux dont elle avait comblé la femme de chambre, et jusqu'au tabouret posé sous ses pieds; elle fut surtout piquée au vif de s'être laissé passer aussi lestement la main sous le menton... Mais bientôt, cédant à son bon naturel, elle se mit à rire à son tour, embrassa son père, et même le vieux comte d'Argenteuil, et dès ce moment elle fut persuadée que c'est en examinant les qualités de l'âme, et non ce qui couvre le corps, qu'on peut se former une juste idée des personnes que le hasard nous présente; d'ailleurs, une politesse de trop ne pouvant jamais nuire comme une politesse de moins; c'était, calcul fait, tout profit que d'être affable pour tout le monde.

LE BOUQUET DE CERISES.

Le premier jour du mois de mai, madame de Clinville, veuve d'un notaire de Paris, conduisait sa fille, âgée de près de quatorze ans, au beau jardin des Tuileries, pour y respirer l'air du printemps et le doux parfum des fleurs. En passant sous les galeries du Palais-Royal, la jeune personne aperçut, à l'une des boutiques de comestibles où l'on réunit tout ce qu'il y a de plus rare et de plus précoce, un bouquet de cerises arrangées avec tant de goût et si adroitement enchâssées dans un feuillage frais et touffu, qu'elle ne put s'empêcher de témoigner à sa mère le vif désir d'avoir ces cerises, quoiqu'elle prévît bien qu'à cette époque elle dussent être d'un très-haut prix.

Madame de Clinville, qui jamais n'avait rien refusé à sa fille, ordinairement très-modérée et très-simple dans ses goûts, acheta le bouquet de cerises, quelque chères qu'elles fussent, et gagna le jardin des Tuileries avec sa chère Emmeline : c'est ainsi qu'elle appelait sa fille.

Après avoir parcouru les belles allées de ce lieu véritablement enchanteur, elles vinrent s'asseoir sur des chaises, à l'ombre des grands marronniers. Il était à peine dix heures du matin; le jardin, dans ce

moment si propre à la promenade, est souvent solitaire. Il semble que toutes les femmes élégantes de
Paris se soient imposé la loi de n'y jamais paraître
avant trois ou quatre heures ; aussi madame et mademoiselle de Clinville ne trouvèrent-elles que très-peu
de monde. Ce qui frappa seulement leurs regards, ce
fut une dame encore belle, et dont l'extérieur annonçait une personne de qualité. Elle était accompagnée
d'une jeune fille à peu près du même âge qu'Emmeline, vêtue d'une robe blanche, et cachant la figure la
plus aimable sous un petit chapeau vert, orné d'une
guirlande de marguerites. Toutes les deux vinrent
s'asseoir près de madame et de mademoiselle de
Clinville. La jeune inconnue ne pouvait s'empêcher
d'attacher ses regards sur le bouquet de cerises et
d'en faire remarquer, à la dame qui l'accompagnait,
l'élégante symétrie. Le désir se peignait dans ses
yeux, dans tous ses mouvements : enfin, s'approchant
peu à peu d'Emmeline, elle lui dit du ton le plus
affable : « Le délicieux bouquet que vous avez là,
Mademoiselle ! il est d'une fraîcheur !... Ce qui me sur-
prend le plus, ajouta la jeune inconnue, c'est que
Mademoiselle n'ait pas encore entamé ces cerises
ravissantes, qui me semblent devoir autant flatter le
goût que leur éclat éblouit les yeux. — C'est un don
de ma mère, répondit modestement Emmeline ; il est
si rare, en effet, que je me suis promis de n'en pas
jouir seule. Si Mademoiselle daignait l'attaquer avec
moi ?... Ce qu'on possède double de prix quand on a
le bonheur de le partager. »

Ces derniers mots, qu'Emmeline prononça du ton
le plus expressif, parurent faire sur la jeune demoiselle une vive impression. « Vous ne pouvez être in-
sensible à des paroles si touchantes, lui dit l'aimable
femme qui l'accompagnait; comment résister à la
grâce qu'embellit le sentiment?... » Encouragée par
un signe d'approbation, la jeune inconnue détacha la
première cerise du charmant bouquet. Emmeline
détacha la seconde, qu'elle s'empressa de porter à la
bouche de sa mère. L'inconnue en fit autant de la
troisième envers sa belle compagne; et les deux jeunes personnes, faisant tour à tour disparaître chaque
cerise qui composait le bouquet, il n'en resta bientôt
plus que les feuilles.

La conversation s'engagea. Madame de Clinville
chercha, par plusieurs questions adroites et ména-
gées, à savoir le nom du joli chapeau vert; mais,
s'apercevant que la dame lui faisait signe de garder
l'incognito, elle ne poussa pas plus loin ses recherches. On s'en tint mutuellement aux politesses
d'usage, et l'on se sépara avec toutes les démonstra-
tions de plaisir qu'avait inspiré une aussi agréable
rencontre.

En rentrant chez elles, madame de Clinville et sa
fille s'aperçurent qu'elles avaient été suivies par un
domestique à livrée rouge. Elles augurèrent de là que
la dame inconnue voulait savoir qui elles étaient,
tandis qu'elle-même s'entourait de précautions pour
ne pas être connue.

Plusieurs semaines s'écoulèrent. Déjà madame de

7

Clinville ne songeait plus à l'aventure des Tuileries,
lorsqu'un matin, tandis qu'elle déjeunait avec Emmeline et Gustave, son fils unique, élève de l'école
polytechnique et âgé de dix-sept ans, le portier de
l'hôtel qu'elle habitait entra, tenant d'une main un
ananas dans toute sa maturité, de l'autre un petit
billet à l'adresse de mademoiselle de Clinville, et
conçu en ces termes :

« On vient de me donner deux ananas : permettez-
moi de vous en offrir un, en vous rappelant les paroles
qu'il me semble encore entendre sortir de votre bouche : Ce qu'on possède double de prix quand on a le
bonheur de le partager.

» LE PETIT CHAPEAU VERT. »

En vain madame de Clinville et ses enfants inter-
rogèrent-ils le portier pour savoir qui avait apporté ce
billet, il leur répondit qu'un commissionnaire l'avait
déposé dans sa loge, et s'était retiré sans rien dire.
Emmeline se décida facilement à partager avec sa
mère et son frère l'ananas, juste retour du bouquet
de cerises; mais elles n'en furent que plus tourmen-
tées du désir de connaître les deux inconnues.

Quelque temps après, le portier entra chez madame
de Clinville, portant un riche vase de porcelaine dans
lequel était un oranger-nain tout en fleurs. Il remit à
Emmeline une seconde lettre, toujours à son adresse,
et qui contenait ces mots : « J'ai reçu pour ma fête,
avant-hier, jour de sainte Clotilde, deux orangers
semblables à celui-ci; daignez en accepter un... Ce

qu'on possède double de prix quand on a le bonheur de le partager. » Le portier ajouta que le vase lui avait été remis par le même commissionnaire, à qui il avait fait inutilement plusieurs questions.

« Quoi! dit Emmeline, je ne pourrai savoir quelle est cette charmante Clotilde au chapeau vert? — Laisse-moi faire, lui dit Gustave, je me charge de la dépister. Dépeins-la-moi seulement le plus fidèlement que tu pourras. — Elle est à peu près de ma taille, lui répondit sa sœur; sa grâce a je ne sais quoi d'imposant; ses traits, nobles et réguliers, sont embellis par un air de douceur et de gaieté qui attache en même temps qu'il séduit. Des cheveux blonds et bouclés retombent sur un cou charmant, et la blancheur de son teint augmente encore l'éclat de deux yeux bleus, dont l'expression et la vivacité semblent lire au fond du cœur et deviner votre pensée... — A ce portrait, reprit Gustave, je prévois que, si je découvre l'inconnue, je serai payé de mes soins. Repose-toi sur le désir que j'ai de t'être utile. »

Gustave mit enfin tout en œuvre pour rencontrer la personne au chapeau vert, dont le signalement était gravé dans sa tête. Il parcourut les promenades publiques, les spectacles, les concerts : il lui fut impossible de faire la moindre découverte et d'obtenir un seul indice.

Un mois après, Emmeline, en rentrant de la promenade, trouva sur son chiffonnier une corbeille de taffetas blanc, ornée de broderies, que la femme de chambre lui dit avoir été apportée par une personne de confiance. Emmeline, se doutant bien que c'était encore de la part de l'aimable Clotilde, ouvre la corbeille en présence de sa mère, et la trouve remplie de bonbons de toute espèce. Sur le dessus était un billet où l'inconnue lui disait que, ayant été marraine et accablée de présents, elle suivait la devise qui jamais ne sortirait de sa mémoire et qu'elle avait fait broder sur la corbeille. En effet, on y lisait en lettres d'or entourées d'une branche de cerises ornées de leur feuillage : « Ce qu'on possède double de prix quand on a le bonheur de le partager. »

Ce souvenir ingénieux causa la plus vive émotion à la famille de Clinville. Si leur délicatesse souffrait un peu de recevoir tant de dons anonymes, ils ne pouvaient résister à la manière dont ils étaient offerts. Emmeline et Gustave ne se firent donc aucun scrupule de gouter aux bonbons nombreux et recherchés qui semblaient remplir la corbeille tout entière. Mais quelle fut leur surprise de trouver sous ces bonbons une demi-douzaine de riches éventails, six douzaines de paires de gants, et enfin un cachemire blanc, dont l'ample bordure était du dessin le plus nouveau !

« Je ne puis me permettre, s'écria Emmeline, de porter cette riche parure sans savoir de qui elle me vient. De simples cerises, offertes de bon cœur, ne sauraient m'attirer des dons aussi considérables. — J'approuve ta discrétion, lui dit madame de Clinville. Tout annonce que ces inconnues sont d'un rang et d'une fortune qui ne nous permettraient pas d'user avec elles de représailles; et ce n'est jamais qu'avec res égaux qu'on doit faire échange de présents. »

Il fut donc convenu que le riche cachemire resterait enfermé jusqu'à ce qu'on pût le rendre à celle qui
l'avait offert, dès qu'elle serait connue. Emmeline ne
voulut pas même faire usage des éventails ni des
gants; ils furent de même déposés dans l'élégante
corbeille : on se contenta seulement de faire honneur
aux bonbons qui en avaient été le passeport. Gustave, quoique l'un des premiers élèves de l'école
polytechnique, aidait sa sœur à croquer toutes ces
friandises, et répétait chaque jour en les mangeant :
« Oh! je te découvrirai, généreux et charmant chapeau vert! »

Les nouvelles recherches de Gustave furent tout
aussi infructueuses que les premières. En vain cou-
rait-il sans cesse après tous les chapeaux verts qu'il
apercevait de loin dans Paris : il ne trouvait point
cette réunion de grâces, de jeunesse, de fraîcheur et
d'expression, dont sa sœur lui avait fait le tableau.

Emmeline n'éprouvait pas moins que son frère le
désir de connaître celle avec qui elle avait partagé ses
cerises; elle prépara un billet qu'elle remit au portier, avec l'ordre précis de le donner à la personne
qui se présenterait de nouveau. Ce billet, portant
pour adresse : *Au charmant chapeau vert*, était ainsi
conçu :

« Si, comme je n'en doute point, la délicatesse de
votre âme répond aux charmes de votre figure, vous
devez approuver la résolution que j'ai prise de ne

faire aucun usage de tous les dons que vous m'adres-
sez : ils sont déposés entre les mains de ma mère, qui
souffre autant que moi de l'anonyme que vous per-
sistez à garder aussi cruellement.

> » EMMELINE DE CLINVILLE. »

Le portier ne fut pas longtemps dépositaire de ce
billet. Deux jours après, le même émissaire se présenta à sa loge, portant un paquet, et voulut, comme
à l'ordinaire, s'enfuir après l'avoir remis; mais le
portier, ancien militaire et encore plein de vigueur, le
saisit au collet, appela à grands cris Gustave de
Clinville, qui, suivi de sa mère et de sa sœur, descendit promptement, et voulut savoir du commissionnaire de quelle part il venait. Ni les prières, ni les
menaces, ni la promesse d'une récompense, ne purent
séduire ce brave homme. Il se borna à dire que la
commission lui avait été donnée par un vieux domestique à livrée rouge, et qu'étant généreusement
récompensé il ne trahirait point le secret dont on
l'avait fait dépositaire. « Puisque vous êtes aussi
discret, dit Emmeline, vous devez être obligeant.
Rendez-moi le service de remettre ce billet au même
domestique qui vous a chargé de ce paquet. Cela ne
compromet en rien votre discrétion dont je vous loue,
et je saurai reconnaître votre obligeance. — J'y consens volontiers, répondit le commissionnaire, et vous
pouvez compter sur mon exactitude; mais ne vous
avisez pas de me faire suivre, vous perdriez votre
temps et vos peines... » Il partit à ces mots, prenant

ses précautions pour se soustraire à leur juste
curiosité.

Le nouvel envoi de l'anonyme paraissait beaucoup
plus volumineux que tous les autres. Gustave s'empresse lui-même de défaire l'enveloppe, et il trouve
un brillant uniforme d'officier d'artillerie, un riche
sabre auquel était attaché un portefeuille de maro-
quin vert, qui contenait cet écrit :

« Le ministre de la guerre, mon parent, a coutume
de m'accorder tous les ans, au jour de ma naissance,
un brevet d'officier pour celui de ma famille ou de
mes amis qui s'en est rendu digne; je vous prie de
l'accepter pour monsieur votre frère, comme la juste
récompense de ses succès à l'école polytechnique. Si,
comme je n'en doute pas, il se signale dans la carrière des armes, s'il devient un héros, je ne lui demande que de prendre pour devise : Ce qu'on possède
double de prix quand on a le bonheur de le partager. »

A côté de cet écrit était en effet un brevet de sous-
lieutenant d'artillerie, avec l'ordre de rejoindre, sous
huit jours, le régiment désigné. Gustave croyait
rêver. Ce qu'il désirait si ardemment, ce qu'il ne
croyait pas obtenir de longtemps, il le devait à la
générosité d'une jeune inconnue, qui par sa modestie
doublait le prix du bienfait. « Et je partirais sans la
connaître, sans la voir, sans la remercier! — Il est un
moyen, s'écrièrent madame et mademoiselle de Clinville, oppressées par la joie et le saisissement : il
faut nous présenter aujourd'hui même à l'audience du

ministre de la guerre, et nous saurons par lui le nom de celle à qui nous devons cet heureux événement...
— Vous avez raison, reprit Gustave, allons-y tout à l'heure... » Il se revêtit aussitôt de l'uniforme, qui, à son grand étonnement, se trouvait juste à sa taille. Emmeline et sa mère allèrent faire une toilette recherchée; et au bout d'une heure, ils furent tous les trois rendus à l'hôtel du ministre. Celui-ci les accueillit avec l'affabilité la plus touchante, et, s'imaginant qu'ils connaissaient leur jeune protectrice, il leur dit :

« En cédant aux vives instances de mademoiselle de Saint-Léon, je ne fais que rendre justice à son intéressant protégé, et je lis d'avance sur la figure de M. de Clinville qu'il sera digne de tout l'intérêt que je lui voue, et que je promets de lui prouver dans tous les temps. »

Madame de Clinville et ses enfants se retirèrent enchantés de la bienveillante réception du ministre. « Mademoiselle de Saint-Léon! répétait sans cesse Gustave. — C'est, n'en doutons pas, ajouta mademoiselle de Clinville, la fille de ce général devenu par ses hauts faits l'un des plus fermes appuis du trône et l'un des premiers favoris du monarque. Il faut savoir où il demeure, et nous y rendre sur-le-champ. — Entrons, dit Emmeline, chez le premier libraire, et nous trouverons dans l'Almanach royal cette adresse tant désirée. » En effet, ils découvrirent que cet officier général demeurait faubourg Saint-Honoré, près l'Elysée-Bourbon. Ils s'y transportèrent en toute hâte. Emmeline chargea le portier de l'hôtel d'aller

annoncer que M. de Clinville, officier d'artillerie, et sa
famille, demandaient à mademoiselle de Saint-Léon
un moment d'entretien.

Un instant après, le portier revint, accompagné
d'un valet de chambre qui avait ordre d'introduire ces
dames et le nouvel officier d'artillerie dans le grand
salon. Mademoiselle de Saint-Léon ne tarda pas à s'y
rendre. Elle était sous les mêmes vêtements et portait
le même chapeau vert orné de marguerites qu'elle
avait lors de la rencontre aux Tuileries. Auprès d'elle
se trouvait la même dame qu'elle appelait sa tante.
Elle s'avance précipitamment vers Emmeline, la
presse dans ses bras, et lui demande pardon d'avoir
abusé de l'incognito et tourmenté sa délicatesse;
« mais, ajouta-t-elle avec la plus aimable expression,
il fallait bien vous amener par degrés à recevoir la
preuve des sentiments que vous avez su m'inspirer à
notre première entrevue. Les renseignements que j'ai
fait prendre m'ont appris que votre vœu le plus cher
était d'obtenir un brevet d'officier pour monsieur
votre frère, cité d'ailleurs avantageusement par tous
les chefs de l'école polytechnique; ma tante et moi,
en l'absence de mon père, nous avons donc obtenu
sans peine ce qui donne à l'Etat un brave de plus, à
votre honorable famille l'accomplissement de ses
désirs, et à moi le bonheur de vous prouver le prix
que j'attachai au partage de votre délicieux bouquet
de cerises, et combien vos touchantes paroles se sont
gravées dans mon souvenir. »

Emmeline ne répondit d'abord à mademoiselle de

Saint-Léon qu'en la pressant à son tour dans ses bras et en la couvrant de mille baisers. Madame de Clinville ne put résister elle-même à lui demander la permission de l'embrasser. Gustave promit de justifier la bonne opinion qu'on avait de lui, et s'écria avec l'accent de l'héroïsme : « Qu'il me tarde d'être à mon rang sous les drapeaux français ! Si dans un an je n'ai pas mérité la croix d'honneur, Sa Majesté pourra me rayer de la liste des braves... »

Il apprit ensuite que sa jeune et aimable protectrice avait porté la bonté jusqu'à faire chercher l'adresse de son tailleur, à qui elle avait commandé son premier uniforme. Gustave ne fut plus surpris de l'avoir trouvé aussi bien à sa taille. « Il ne faut pas, dit la tante de mademoiselle de Saint-Léon, qu'une si belle journée soit imparfaite : ces dames et notre jeune sous-lieutenant ne peuvent nous refuser de dîner à l'hôtel : on aime à voir le plus longtemps possible les heureux qu'on a faits. »

Madame de Clinville accepta sans hésiter; elle demanda seulement la permission de se retirer chez elle jusqu'à l'heure du repas, et s'éloigna avec ses deux enfants. Quelques heures après elle revint avec les mêmes habits qu'elle portait lors de l'entrevue aux Tuileries. Emmeline avait eu la même attention; mais cette simple toilette était ornée du riche cachemire et de l'un des éventails envoyés par le charmant chapeau vert, qui fut on ne peut plus sensible à cette marque d'attention. On se mit à table. En dépliant sa serviette, mademoiselle de Saint-Léon trouva sous son couvert un petit étui contenant un anneau composé de trois brillants, sous la monture desquels venaient d'être gravés ces mots : « Gage d'une éternelle reconnaissance... » Elle mit l'anneau à son doigt, et promit de ne jamais s'en séparer. Emmeline devint pour elle une amie qu'elle conserva toujours; Gustave un officier qui parvint à un rang honorable et rendit à l'État d'importants services. Et souvent, lorsque, dans leurs fréquentes entrevues, Emmeline et mademoiselle de Saint-Léon se prodiguaient les plus douces caresses, elles répétaient encore ensemble : « Ce qu'on possède double de prix quand on a le bonheur de le partager. »

LES ROSES DE M. DE MALESHERBES.

De tous les biens que le ciel nous dispense, celui qui contribue le plus au charme de la vie, celui qui tout à la fois est le plus pur, le plus durable, c'est le bonheur d'être aimé. Comme ce bonheur ne peut avoir pour base qu'un mérite véritable, renonçons pour un instant aux attraits de la fiction, et continuons nos entretiens par le récit fidèle d'une anecdote intéressante qui, en nous rappelant un des plus illustres magistrats du dernier siècle, prouvera ce que donnent de jouissance l'amour et le respect qu'on inspire

M. Lamoignon de Malesherbes, qu'il suffit de nommer pour désigner le ministre intègre, le savant modeste, le grand naturaliste et le meilleur des hommes, avait coutume de passer tous les ans, au beau château de Verneuil, près de Versailles, une partie de l'été, pour se délasser des fonctions importantes qui lui étaient confiées. Parmi les occupations auxquelles se livrait cet homme célèbre, la culture des fleurs était celle à laquelle il s'adonnait particulièrement. Il prenait surtout le plus grand plaisir à soigner un bosquet de rosiers qu'il avait planté lui-même dans une demi-lune de bois taillis formant remise de chasse, et située auprès du village de Verneuil.

De tous les rosiers plantés par M. de Malesherbes, aucun n'avait trompé son espérance. Des buissons de roses de différentes espèces contrastaient agréablement, dans ce lieu agreste et solitaire, avec les arbustes sauvages dont ils étaient environnés.

L'heureux cultivateur de ce bosquet charmant ne pouvait, malgré sa touchante modestie, s'empêcher d'être fier de ses succès. Il en parlait à tous ceux qui se présentaient au château de Verneuil, et il les conduisait à ce qu'il appelait sa solitude. Il avait construit de ses mains un joli banc de gazon, et, avec de la terre et des branches d'arbre, une grotte où tantôt il se mettait à l'abri de la pluie, tantôt il préservait sa tête sexagénaire des rayons brûlants du soleil. C'est là que, Plutarque à la main, sa lecture favorite, il réfléchissait en paix sur les vicissitudes humaines, et récapitulait avec délices les actions mémorables dont il avait honoré sa carrière.

« Mais voyez donc, disait-il à ceux qui l'accompagnaient à ce mystérieux réduit, voyez comme tous ces rosiers sont frais et touffus! Ceux des jardins somptueux, et les mieux cultivés, n'ont pas de fleurs plus belles, plus abondantes. Ce qui m'étonne surtout, ajouta-t-il avec transport, c'est que, depuis plusieurs années que je cultive ces arbustes, je n'en ai pas perdu un seul; jamais jardinier, quelque habile qu'il fût, n'eut la main plus heureuse que moi; aussi m'appelle-t-on dans ce village *Lamoignon les Roses*, pour me distinguer de tous ceux de ma famille qui portent le même nom.

Un jour que ce savant naturaliste s'était levé plus tôt qu'à l'ordinaire, il se rendit à son bosquet chéri fort avant le lever du soleil. C'était vers la moitié du mois de juin, à peu près à l'époque du solstice, où les jours sont les plus longs de l'année. La matinée était délicieuse, un vent frais et une abondante rosée rafraîchissaient la terre desséchée par la chaleur de la veille. Les chants variés de mille et mille oiseaux formaient un concert ravissant que les échos répétaient dans les montagnes; les prairies émaillées, les plantes aromatiques et la vigne en fleur remplissaient l'atmosphère d'un délicieux parfum... En un mot, le printemps régnait encore et l'été commençait à paraître.

M. de Malesherbes, assis près de sa grotte, contem-

plaît avec respect ce calme heureux d'une matinée
des champs, ce réveil enchanteur de la nature. Sou-
dain un bruit léger se fait entendre. Il croit d'abord
que c'est quelque biche ou quelque faon timide qui
traverse le bois; il regarde et aperçoit à travers le
feuillage une jeune fille qui, revenant de Verneuil, un
pot au lait sur la tête, s'arrête devant la fontaine et y
puise de l'eau à plusieurs reprises pour arroser l'un
après l'autre chaque rosier du bosquet.

Le magistrat, qui pendant ce temps était immobile
sur son banc de verdure pour ne pas interrompre la
jeune laitière, la suivait des yeux avec étonnement,
ne sachant à quoi attribuer les soins empressés
qu'elle donnait à ses rosiers. La figure de cette jeune
fille était charmante; ses yeux exprimaient la candeur et la gaieté. Cependant l'émotion et la curiosité
attirèrent malgré lui le naturaliste vers la jeune inconnue, au moment où elle déposait au pied d'un
rosier blanc sa dernière cruchée d'eau.

Celle-ci jette un cri de surprise à la vue de M. de
Malesherbes; en l'abordant il la rassure et lui demande
qui lui a donné ordre d'arroser ainsi tout ce bosquet.
« Oh! monseigneur, dit la jeune fille toute tremblante,
j' n'ons que d' bonnes intentions, j' vous assure : je
n' suis pas la seule de ces cantons... et c'est aujour-
d'hui mon tour. — Comment, votre tour? — Oui,
monseigneur, c'était hier à Lise, et c'est demain à
Pierrette. — Expliquez-vous, jeune fille, je ne vous
comprends pas. — Puisque vous m'avez prise sur le
fait, je n' pouvons plus vous en faire un mystère:

ssi ben, je n' voyons pas qu' ça puisse tant vous
cher. Vous saurez donc, monseigneur, qu' vous
ayant vu de nos champs planter vous-même et
soigner ces beaux rosiers, j' nous sommes dit dans
tous les hameaux des environs : Faut prouver à celui
qui répand chaque jour tant de bienfaits parmi nous
et qui sait honorer si ben l'agriculture, qu'il n'a pas
affaire à des ingrats; et, puisqu'il se plaît tant à
cultiver des fleurs, faut l'aider sans qu'il s'en doute.
Pour ça, toute jeune fille âgée de quinze ans s'ra
tenue, chacune à son tour, en r'venant d' porter son
lait à Verneuil, de puiser l'eau à la fontaine qu'est ici
près, et d'arroser tous les matins, avant le lever du
soleil, les rosiers d' not' ami, d' not' père à tous...
Depuis quatre ans, monseigneur, j' n'avons pas man-
qué à c' devoir, et j' vous dirai même qu' nos plus
jeunes filles sont impatientes d'atteindre leurs quinze
ans, pour avoir l'honneur d'arroser et d' soigner les
roses d' *monsieur Malesherbes*. »

Ce récit naïf et touchant fit une vive impression sur
le ministre. Jamais il n'avait mieux apprécié la célébrité de son nom. « Je ne m'étonne plus, disait-il
avec ravissement, si mes rosiers sont aussi beaux et
chargés de tant de fleurs. Mais, puisque toute la jeunesse des hameaux voisins daigne chaque matin me
donner une preuve si touchante de son amitié, je lui
promets, en revanche, de ne pas laisser passer un
seul jour sans venir visiter ma solitude, qui m'est de-
venue plus chère que jamais. — Tant mieux, répondit
la jeune fille, ça f'ra que j' conduirons nos troupeaux

de ce côté, pour avoir le bonheur de vous contempler tout à notre aise, d' vous faire entendre nos chansonnettes et d' jaser queuqu' p'tites fois avec vous... si monseigneur daigne l' permettre. — Oui, mes enfants, reprit M. de Malesherbes, venez, oh! venez près de moi. S'il vous arrive quelques malheurs, je tâcherai de les adoucir; s'il s'élève parmi vous quelques différends, je les aplanirai peut-être. — Dans ce cas-là, repartit vivement la jeune laitière, monseigneur ne manquera pas d'occupation, et moi-même j' pourrons dans queuqu' temps lui dire un petit mot touchant ça... Mais j'oublie qu' ma mère m'attend; j' courons li porter l'argent d' son lait, et li conter l'heureuse rencontre que j'ai faite. — Un moment, lui dit M. de Malesherbes en l'arrêtant : Comment vous nommez-vous? — Suzette Bertrand, pour vous servir, monseigneur, si j'en étais capable. — Eh bien! Suzette, reprit-il en pressant une de ses mains dans les siennes, remettez à vos compagnes qui, comme vous, ont soin de mes rosiers, ce que je vais vous donner pour elles. — Oh! monseigneur, je n' voulons rien pour ça : tout votre or ne pourrait valoir le plaisir que j'y prenons. — Vous avez bien raison; non, tout ce que je possède ne pourrait valoir ce que vous me donnez en ce moment... Mais, en attendant que je puisse remercier moi-même vos jeunes amies, dites-leur bien qu'elles embellissent la fin de ma carrière, et que jamais ce qu'elles ont fait ne sortira de mon souvenir... » En achevant ces mots, l'honorable vieillard déposa un baiser sur le front modeste de la laitière, qui s'éloigna fière de l'honneur qu'elle avait reçu.

M. de Malesherbes ne cessait de raconter cette aventure. Il remplit avec exactitude la promesse qu'il avait faite à la jeune fille : chaque jour il allait visiter ses rosiers. Souvent, tandis qu'une société nombreuse et brillante était réunie au château de Vernueil, ce magistrat respectable, ce ministre, le conseil et l'ami de son prince, assis près de sa grotte solitaire, participait aux jeux des pâtres des environs, étudiait au milieu d'eux leurs penchants, leurs besoins, leurs habitudes, et ne rentrait au château que fort tard, accompagné de plusieurs d'entre eux, et comblé des bénédictions de tous.

Depuis la mort cruelle et prématurée de cet homme célèbre, on n'a pas cessé de cultiver le bosquet que planta sa main bienfaisante, et c'est encore à qui respectera *les roses de M. de Malesherbes.*

LE DIAMANT FAUX.

Si la franchise et la bonne foi nous environnent de jouissances qui se renouvellent à chaque instant de la vie, le mensonge et la fausseté nous causent tôt ou tard des chagrins d'autant plus cuisants, que souvent il n'est plus en notre pouvoir de les adoucir.

M. de Lucival, riche manufacturier de soieries,
partageait, ainsi que sa femme, sa tendresse et ses
soins entre leurs deux filles, Clémence et Félicie.
Elles étaient nées le même jour, et déjà parvenues à
cet âge heureux qui est l'époque où le caractère se
forme, où le cœur est susceptible d'impressions
in ffaçables.

Ces deux sœurs jumelles, citées par l'attachement
qu'elles se portaient et par leur parfaite ressemblance,
différaient néaumoins de goûts et de penchants.
L'aînée, simple et naïve, ne cherchait point à déguiser
sa pensée, à cacher les fautes ou les étourderies de
son âge, et jamais, sous aucun prétexte, elle n'avait
su déguiser la vérité.

L'autre, au contraire, dissimulée et prétendant à la
perfection, ne convenait jamais des torts qu'elle avait
eus, ni des fautes qu'elle avait pu commettre. Elle
niait avec assurance et obstination jusqu'à l'évidence
même, et, se faisant un jeu du mensonge, elle s'en
servait à chaque instant pour se disculper, pour s'ar-
roger mille qualités qu'elle n'avait pas, en un mot,
pour se montrer supérieure à toutes les jeunes personnes de son âge et de sa société.

Ni les remontrances de M. de Lucival ni les tendres
conseils de sa femme n'avaient pu dompter chez
Félicie cette funeste habitude du mensonge qui lui
gâtait l'esprit et dégradait son cœur. Chaque jour, à
toute minute, sa bouche se souillait de détours qui
semblaient en altérer la fraîcheur et communiquer à
ses yeux une expression fausse qui en détruisait le

charme. Comme il n'est pas de mémoire assez assurée
pour suivre la marche tortueuse du mensonge, et surtout pour résister à toutes les précautions qu'il exige,
Félicie, en déguisant sans cesse la vérité, se trouvait
souvent embarrassée, interdite, démentie par mille
riens qu'elle n'avait pu prévoir, et presque toujours
convaincue d'imposture.

S'amusait-elle dans le salon à des bagatelles, elle
assurait à sa mère, occupée dans une pièce voisine,
qu'elle étudiait la géographie ; mais une glace, qui la
trahissait, la représentait à madame de Lucival nouant
un ruban ou chiffonnant un chapeau. Prétendait-elle
n'avoir pas touché, dans l'office, à plusieurs restes du
dessert de la veille, à l'instant même, en tirant un
mouchoir de sa poche, elle faisait rouler sur le parquet des morceaux de nougat, plusieurs pommes
d'api et des grains de raisin sec. Avait-elle répandu
un encrier sur le bureau et les papiers de son père,
c'était le petit carlin qui, monté sur le meuble, avait
causé tout ce dégât. Avait-elle déchiré sa robe, un
passant l'avait heurtée ; dépensait-elle son mois en
friandises, elle disait en avoir fait l'aumône ; voulait-
elle se dispenser de prendre sa leçon de piano, de
faire des visites avec sa mère, d'assister à un dîner
de cérémonie qu'elle présumait devoir être ennuyeux,
elle se disait incommodée, pâlissait à son gré, feignait
de se trouver mal et tombait même sans connaissance.
En un mot, elle écartait sans cesse la vérité de ses
actions et de ses paroles.

Tant de fausseté révoltait tout le monde, affligeait

surtout profondément M. de Lucival, qui ne devait
qu'à sa franchise, à sa bonne foi, la fortune et la
haute considération dont il jouissait dans le commerce. Souvent il avait essayé de dompter cette
funeste habitude qui détruisait chaque jour les aimables qualités de sa fille; mais ni les avis de la tendresse ni les menaces de l'autorité paternelle n'avaient
pu opérer dans Félicie le moindre changement :
occupée sans relâche à controuver chaque fait, elle
s'oubliait au point de compromettre souvent la confiance et la simplicité de sa sœur, soit en lui faisant
accroire des choses ridicules, soit en lui déguisant ce
qui pouvait l'intéresser ou lui plaire.

M. et madame de Lucival, fatigués par tant d'obstination, projetèrent d'employer un moyen qui ne laissa
pas de produire une assez forte impression sur l'esprit
de Félicie. Ils prirent la résolution et donnèrent à tous
leurs gens l'ordre le plus précis de faire constamment
l'inverse de tout ce que dirait, ferait, désirerait ou
ordonnerait la menteuse opiniâtre. Venait-elle avertir
la femme de chambre que sa mère avait besoin d'elle,
celle-ci, sans bouger, la regardait fixement et lui
soutenait que madame de Lucival ne la demandait
pas. Se plaignait-elle d'avoir froid, le laquais ouvrait
à l'instant les croisées qui donnaient au nord, en lui
disant qu'il était sûr qu'elle étouffait de chaleur, et
qu'elle avait besoin de respirer le grand air. Offrait-
elle à sa sœur quelques sucreries, quelques bonbons,
Clémence les jetait aussitôt par la fenêtre, certaine,
lui disait-elle, que ce n'était qu'une attrape. Enfin

Félicie assurait-elle à sa mère qu'elle se portait à
ravir, aussitôt madame de Lucival la faisait monter
dans sa chambre, la mettait à la diète, et répandait le
bruit dans toute la maison que sa fille était malade;
celle-ci annonçait-elle, au contraire, que sa santé
était dérangée, M. de Lucival affectait alors une entière sécurité, faisait remarquer à tout le monde la
fraîcheur et l'embonpoint de sa fille. Un jour entre
autres (c'était la veille d'un grand dîner), Félicie se
trouva réellement attaquée de la fièvre et fut contrainte de se mettre au lit. M. de Lucival feignit de
n'en rien croire, et défendit qu'on allât avertir le
médecin, parce qu'à coup sûr, disait-il, ce n'était
qu'un nouveau détour de sa fille pour ne pas assister
au dîner. Félicie eut beau protester qu'elle souffrait
beaucoup, on lui soutint qu'elle se portait à merveille;
et le dîner n'en eut pas moins lieu. Cependant le dépit
de la malade augmenta son mal au point qu'on fut
obligé de lui porter les secours de l'art. « N'est-ce
pas, disait en souriant M. de Lucival au médecin, que
ma fille n'a point la fièvre, et qu'elle se joue encore
de notre crédulité? — Détrompez-vous, répondit le
docteur d'un ton grave, mademoiselle est malade, et
même très-sérieusement malade. — Ah! reprit M. de
Lucival, elle nous en impose si souvent, que j'ai cru
que ce n'était qu'un jeu. Voyez pourtant ce que c'est
que la prévention; nous aurions pu la laisser souffrir
longtemps, peut-être même la voir expirer dans nos
bras, sans nous douter qu'elle pût courir le moindre
danger. »

Ces derniers mots produisirent sur Félicie tout
l'effet qu'en attendait son père. La violente secousse
qu'elle éprouva lui fit faire sur elle-même un retour
sérieux. Pendant tout le temps que dura sa maladie,
elle ne cessa de répéter qu'elle renonçait pour jamais
à cette habitude du mensonge, dont elle avait appris
à ses dépens les pernicieux effets.

M. et madame de Lucival, croyant que cette leçon
suffirait pour guérir radicalement Félicie, redoublè-
rent auprès d'elle de soins et d'attachement, et lui
prouvèrent que, malgré tous les tourments que leur
avaient causés ses mensonges sans nombre, elle leur
était toujours chère. Elle devina sans peine que la
fausse indifférence qu'on lui avait témoignée n'était
qu'un moyen concerté pour la corriger; mais, soit
que l'épreuve ne fût pas encore assez forte, soit que
les habitudes de l'enfance se détruisent difficilement,
Félicie, une fois rétablie, reprit insensiblement son
funeste penchant; et, sans abuser tout à fait de la
crédulité, de la confiance de ses parents, elle se
livrait souvent à mille supercheries qui, tôt ou tard,
auraient pu la ramener à ce vice dangereux dont on
s'était flatté de la guérir.

Mais un événement assez remarquable vint au secours de M. et madame de Lucival, et la nouvelle
secousse qu'il causa à Félicie arracha pour jamais de
son cœur le germe de l'imposture et de la fausseté.

Les deux sœurs jumelles, également aimées de
leurs parents, et se ressemblant à tel point, que souvent on les prenait l'une pour l'autre, n'avaient cessé

depuis leur enfance de porter des vêtements semblables. Madame de Lucival, qui se faisait un plaisir des fréquentes méprises occasionnées par cette ressemblance, mettait le plus grand soin à ce que ses deux filles fussent vêtues de la même manière. Clémence n'avait pas un seul chiffon, pas un bijou, pas même un simple anneau, sans que Félicie eût la même chose; et, comme elles s'amusaient de leur côté à seconder les intentions de leurs parents, elles convenaient chaque matin de mettre le même chapeau, la même chaussure, le même fichu, en un mot de se ressembler dans leur mise et jusque dans leur maintien, comme elles se ressemblaient par le son de la voix et les traits du visage.

Leur fête de naissance arriva. M. de Lucival avait coutume ce jour-là de leur faire un cadeau. Il remit donc à chacune de ses filles un collier de perles, au milieu desquelles était un diamant d'une assez grande valeur. Celui de Clémence était un peu moins gros que celui de Félicie, mais, en revanche, il paraissait jeter plus de feu et briller davantage. « Malgré l'envie que j'avais, leur dit-il, de vous offrir deux diamants tout à fait semblables, je n'ai pu les mieux assortir pour le moment chez mon joaillier; mais il m'a bien promis de m'en trouver un second qui soit entièrement pareil au premier. En attendant, parez-vous de ceux-ci, et fêtons ce beau jour, où, en recevant la vie l'une et l'autre, vous m'avez fait le plus heureux des pères. »

Clémence et Félicie, se précipitant dans les bras de

M. de Lucival, lui exprimèrent toute leur tendresse, le remercièrent du riche cadeau qu'il venait de leur faire, et dont chacune d'elles s'empressa de se parer.

Parmi les nombreux ouvriers qui travaillaient à la manufacture de M. de Lucival, était un ancien soldat, vieillard encore vert, qui, par son travail et son intelligence, était devenu l'un des premiers chefs d'atelier. Ce brave homme avait plusieurs enfants ; l'un d'eux nommé Joseph, était depuis quelque temps garçon de caisse chez M. de Lucival, qui, l'ayant vu naître, lui accordait une entière confiance.

Un jour, ce jeune homme revenant de recette, et se disposant à verser à la caisse les différentes sommes qu'il avait touchées dans sa tournée, trouve de moins dans son compte un rouleau de cinquante louis qu'il avait reçu chez un banquier. Il se fouille, cherche et recherche dans sa sacoche, dans sa ceinture, pâlit, se trouble, se déclare qu'il a perdu ce rouleau. Clémence et Félicie, qui par hasard se trouvaient en ce moment dans le cabinet du caissier de leur père, éprouvèrent chacune une impression différente : Clémence, partageant la peine du pauvre Joseph et se fiant à son aveu, le plaignait de toute son âme, et cherchait à le consoler. Félicie, au contraire, toujours disposée à prêter aux autres la fausseté de son caractère, s'imagina que le récit de ce jeune homme n'était qu'une imposture. Elle s'oublia même jusqu'à le lui faire sentir. « Ah ! Mademoiselle, s'écria le pauvre Joseph en laissant échapper quelques larmes, c'est bien assez de la peine que j'éprouve, sans m'accabler encore

un soupçon aussi cruel! Si mon père vous entendait,
ajouta-t-il avec l'accent le plus pénétrant, vous cau-
seriez sa mort et peut-être la mienne. Vous connais-
sez sa vivacité, son austère vertu... — Aussi, reprit
vivement Clémence, il faut qu'il ignore ce funeste
accident. Nous vous promettons, ma sœur et moi, de
garder un profond silence sur cet événement. » Le
caissier fit la même promesse, et Joseph se retira
pour faire ses recherches dans les différents quartiers
qu'il avait parcourus. « Oui, s'écria ce jeune homme
en regardant de nouveau Félicie, dussé-je engager
ma liberté et vendre le peu que je possède, sous trois
jours les cinquante louis seront remis à la caisse. »

Cet accent de l'honneur outragé pénétra jusqu'au
fond du cœur de son imprudente accusatrice, et lui fit
sentir que le plus grand des tourments que fait
éprouver l'habitude du mensonge, c'est de ne pouvoir
se fier à personne.

Cependant Joseph rentra le soir, et annonça que,
n'ayant pu obtenir le moindre indice, il avait fait
afficher dans tout Paris la perte du rouleau de cinquante louis, avec promesse de le partager avec la
personne qui le rapporterait chez M. de Lucival. En
cela il n'avait eu principalement en vue que de sauver
son honneur, et surtout de se laver des soupçons ou-
trageants de Félicie.

Clémence, qui jugeait des autres par elle-même,
loin de soupçonner Joseph, ne songeait qu'à lui offrir
les moyens de réparer la perte qu'il avait faite. Son
obligeance lui suggéra une idée qu'elle s'empressa de

communiquer à sa sœur. Ce fut de vendre, à l'insu de
tout le monde, le diamant que chacune d'elles avait
reçu de leur père, et qui, d'après l'évaluation qu'elles
en avaient entendu faire, pourrait former les cinquante louis en question. Félicie, chez qui le mensonge n'avait pas encore entièrement détruit les qualités du cœur, saisit avec avidité le projet de
Clémence, et dès le lendemain, de grand matin,
vêtues très-simplement, elles s'échappèrent de la
maison et allèrent se présenter chez un riche joaillier
du quai des Orfèvres, à qui elles proposèrent d'acheter
leurs deux colliers.

Ce joaillier, homme probe et délicat, voyant deux
jeunes filles de quatorze à quinze ans entrer furtivement dans sa boutique au moment où l'on venait de
l'ouvrir, et les entendant s'informer avec avidité du
prix auquel pouvaient monter les colliers qu'elles
présentaient, ne put s'empêcher de concevoir quelques soupçons, et leur fit à cet égard plusieurs questions que lui dictait la prudence. Ces questions
parurent troubler les deux jeunes inconnues, dont il
était loin d'apprécier la démarche. Examinant d'abord
le collier de Clémence, il jugea que le diamant valait
trente louis. « Je ne vous en demande que vingt-
cinq, lui dit la jeune personne : donnez-en autant à
ma sœur pour le sien, et c'est une affaire terminée. —
Oh! cela ne va pas si vite que vous le pensez, reprit
le joaillier; il faut d'abord que je sache d'où vous
tenez ces bijoux, et qui vous a chargées de les vendre. — Ils sont à nous, reprit fièrement Félicie; nous

ne sommes pas faites pour vendre des diamants qui
ne nous appartiendraient pas. — J'aime à le croire;
mais votre jeunesse, votre empressement, et, s'il faut
vous l'avouer, l'embarras et la rougeur qu'on remarque sur vos figures, tout semble vous accuser. —
Quoi! Monsieur, nous prendriez-vous pour des voleu-
ses? reprit Clémence d'une voix altérée. — Eh bien!
ma sœur, allons-nous-en dans une autre boutique,
reprit vivement Félicie; tout le monde ne sera pas
aussi difficile que Monsieur. — J'en suis bien fâché,
Mesdemoiselles, reprit le joaillier, qui tenait toujours
en main le collier de Clémence, mais mon devoir et
les règlements de police m'ordonnent de retenir ces
bijoux jusqu'à ce que je sache à qui ils appartiennent.
— Je vous assure, je vous proteste qu'ils sont à nous,
répéta Clémence; c'est notre père qui nous les a donnés, il y a quinze jours à peu près, pour célébrer
notre fête de naissance... Nous sommes sœurs
jumelles. Il est de ces moments dans la vie où l'on
est forcé de renoncer à ce que l'on a de plus cher...
Jamais, Monsieur, vous pouvez m'en croire... non,
jamais rien, dans votre boutique, ne fut vendu plus
légitimement... »

Cet accent de la vérité fit sur le marchand une impression dont il eut peine à se défendre; il hésitait, il
n'osait plus se livrer aux soupçons que pourtant
faisaient naître les apparences. « Si vous saviez qui
nous sommes, ajouta Félicie en lui présentant son
collier, vous souffririez plus que nous d'avoir osé
nous confondre... Croyez que notre franchise égale

notre délicatesse. — Vous m'en imposez! reprit le joaillier avec véhémence, en examinant plus attentivement encore le collier de Félicie. — Et sur quoi, dit Clémence, présumez-vous que nous ne sommes pas dignes de foi? — Vous m'en imposez, vous dis-je! s'écria le marchand avec l'élan de la colère et de l'indignation; ce n'est pas moi que l'on trompe ainsi. — Nous, vous tromper! — Ce diamant est faux. — C'est impossible! — Je m'y connais peut-être! Vous avez cru qu'en me présentant celui du premier collier, qui est un brillant véritable, je ne m'apercevrais pas que la pierre du second est fausse. Il faut convenir qu'elle est d'une belle eau, et que tout autre que moi pourrait aisément s'y méprendre. — Monsieur, dit Clémence, je vous jure, au nom de tout ce qu'il y a de plus sacré... — Ah! Mesdemoiselles, c'est ainsi que, sous l'apparence de la candeur et de l'ingénuité, vous trafiquez en faux diamants! Le beau métier que vous faites là! Mais je saurai bien vous empêcher de tromper ceux de mes confrères qui n'auraient pas mon expérience. Qu'on aille à l'instant, dit-il à l'un de ses gens, qu'on aille chercher un exempt de police, et que bientôt ces deux honnêtes marchandes de faux diamants soient livrées à la justice. — Monsieur, s'écria Clémence, sur qui ces mots firent l'effet d'un coup de tonnerre, Monsieur, calmez votre courroux : nous sommes innocentes, je vous l'atteste, au nom du ciel!... Oui, ces diamants nous ont été donnés par notre père, qu'on aura trompé sans doute... Et, puisque vous nous forcez à dire qui nous sommes, vous voyez les deux filles de M. de Lucival, manufacturier de soieries, qui demeure rue Saint-André-des-Arts, n° 3, près du carrefour Buci. — Faites-nous-y conduire, ajouta Félicie avec emportement, et vous verrez, homme ignorant et brutal, si nous sommes faites pour vous en imposer! — Le ton de votre sœur, lui répondit le joaillier, porte en effet le caractère de la vérité; mais le vôtre repousse et détruit la confiance : on lit dans vos yeux et sur vos lèvres tremblantes je ne sais quoi de faux... Au reste, si, comme vous me l'attestez, vous appartenez à un fabricant de soieries, je veux bien ne pas faire d'éclat et ménager la réputation de votre père. Allons chez lui sur-le-champ : donnez-moi le bras, Mesdemoiselles, et surtout n'espérez pas m'échapper; je puis excuser une imprudence, une étourderie de jeunesse; mais je suis sans pitié pour les fripons, et surtout pour les imposteurs. »

En achevant ces mots, il prend le bras de chacune des deux sœurs, et leur fait traverser ainsi les différentes rues qui conduisaient à leur demeure. Félicie, suffoquée de dépit et de rage, s'exhalait en mille reproches. Quant à la pauvre Clémence, pâle, tremblante, les yeux baissés, elle marchait en pleurant, ou plutôt se laissait traîner comme une victime. Ce spectacle rassemblait autour d'elles tout le peuple qui se trouvait sur leur passage; et chacun, interprétant à sa manière la position cruelle des deux jeunes personnes, leur adressait tout haut les épithètes les plus amères, les plus humiliantes.

Enfin elles arrivèrent chez M. de Lucival, qui, les apercevant environnées de tant de monde, s'avance pour les questionner.

« Mon père! ô mon père! j'en mourrai!... » s'écria Clémence, près de perdre connaissance et se laissant tomber dans ses bras. Le joaillier remet Félicie à M. de Lucival. La haute renommée de celui-ci fait à l'instant cesser les propos et les soupçons des curieux, qui s'éloignent. On entre, on s'explique : l'innocence des deux sœurs jumelles est reconnue. Le joaillier se confond en excuses; il prie Clémence, dont la bonté de cœur brille dans tout son éclat, de vouloir bien lui pardonner ses injustes soupçons, et, prenant sa main avec respect, il y dépose un baiser. Il offre ensuite à la famille de cette intéressante jeune fille toutes les réparations qu'elle exigera. « Vous n'êtes point coupable, lui dit M. de Lucival; la pierre fausse qui compose ce collier et la manière imprudente avec laquelle on vous l'a présentée ont dû vous jeter dans une erreur dont je ne souffre que pour ma chère Clémence. En donnant à Félicie un diamant faux, j'ai voulu lui offrir l'emblème de l'imposture, qui sans cesse dégrade son cœur et souille ses lèvres. J'étais loin de m'attendre à un résultat aussi cruel; mais je ne puis m'empêcher de remercier la Providence de la leçon terrible que ma fille reçoit en ce moment. »

A peine M. de Lucival achevait ces paroles, entouré de tous ses ouvriers, qu'un inconnu, se présentant au milieu de cette scène étrange, remet le rou-

leau de cinquante louis dont Joseph avait fait afficher
l' perte, et se retire sans vouloir accepter le partage
offert ni la moindre récompense.

Félicie, en reconnaissant l'innocence du pauvre
Joseph, qu'elle avait accusé, éprouva une émotion
aussi forte que salutaire. Elle sentit alors que la
fausseté du cœur nous porte toujours à imputer aux
autres nos propres vices : elle avoua hautement ses
torts ; et, récapitulant les chagrins qu'elle avait donnés à sa famille, le supplice humiliant qu'elle venait
de faire partager à sa sœur, l'esclandre qu'elle avait
causé dans la maison de son père, et les regrets de
l'honnête joaillier, elle abjura pour jamais sa funeste
habitude. Bientôt reparurent sur son front et dans ses
yeux la candeur et le calme de la franchise. Félicie
corrigée ne cessa de répéter toute sa vie ce que M. et
madame de Lucival lui avaient dit dans cette circonstance mémorable : « Le mensonge est un supplice
continuel et la laideur de l'âme. »

LA PIÈCE D'OR.

Si parmi les bienfaits qu'on répand il en est qui ne
produisent que l'ingratitude et l'oubli, souvent il s'en
trouve aussi qui procurent de douces jouissances.

Euphrosine, fille de M. de Murval, riche négociant,

prenait le frais, un soir de l'été, à l'une des croisées de l'hôtel de son père, avec plusieurs demoiselles de son âge. Pendant que de nombreuses parties de jeu se faisaient dans le salon, elles s'amusaient ensemble à regarder deux petits Auvergnats qui exécutaient dans la rue une danse de leur pays, au son d'une musette, dont les accents rauques et sauvages s'accordaient parfaitement avec les gambades grotesques et les cris perçants des deux montagnards.

Euphrosine et ses jeunes amies se pâmaient de rire à la vue de toutes leurs contorsions, lorsque l'un d'eux se présenta sous le balcon, tendant son chapeau, et demandant, selon l'usage, quelque assistance pour les pauvres petits Auvergnats.

Euphrosine, n'ayant pas sur elle la moindre chose à leur donner, rentre dans le salon, et demande à son père quelque pièce de monnaie pour assister les deux montagnards. M. de Murval, occupé dans ce moment à une assez forte bouillotte, remet à sa fille quelques pièces sans les compter. Euphrosine les enveloppe aussitôt dans un morceau de papier, et s'empresse de les jeter aux petits danseurs d'Auvergne. L'un d'eux, agitant son chapeau déchiré, disait aux jeunes personnes réunies sur le balcon :

« Diou vous lou rende, mes balles demouzalles !... »

En prononçant ces mots, il serra dans sa poche le morceau de papier, ainsi que tout ce qu'on avait jeté des croisées voisines, et disparut avec son camarade en jouant toujours de la musette.

Le lendemain, Euphrosine, en déjeunant avec son

père, lui parlait de la danse comique des deux Auvergnats, et déplorait le sort de tous ces petits malheureux que la misère oblige à quitter leurs parents dans un âge encore tendre pour aller, à deux cents lieues du village qui les vit naître, se livrer dans la capitale aux travaux les plus rudes, y supporter, presque nus, la rigueur des saisons, et une misère d'autant plus pénible qu'ils ont sans cesse sous les yeux le faste et les délices de l'opulence.

M. de Murval profitait des justes observations de sa fille pour lui faire sentir combien on doit se trouver heureux de jouir des faveurs de la fortune, des avantages d'une bonne éducation, et lui faisait en même temps avouer qu'on est coupable envers la société et indigne des bienfaits que la Providence nous accorde, lorsqu'on refuse d'assister les infortunés qu'elle prive de ses dons.

Comme la conversation entre le père et la fille s'animait sur cette intéressante matière, un domestique vint annoncer que deux petits Auvergnats demandaient à parler à mademoiselle. « Seraient-ce par hasard ceux qui m'ont tant amusée hier au soir? dit Euphrosine; que peuvent-ils me vouloir? — Faites-les entrer, » dit M. de Murval. Aussitôt le domestique introduisit les deux petits montagnards, qui, timides et craignant de laisser sur le parquet la trace de leurs pas, avaient déposé leurs souliers ferrés dans l'antichambre et s'avançaient nu-pieds. « Ce sont eux-mêmes! s'écria Euphrosine en les apercevant. — Que désirez-vous? » leur dit alors M. de Murval.

Les deux petits Auvergnats furent d'abord quelque temps sans répondre, se regardant l'un l'autre, et s'excitant du geste à qui porterait la parole. Enfin le plus grand, recoquillant son chapeau et tirant de son sein un petit sac de cuir tout crasseux, lui dit : « Excusa, mon bon monsiou, si j'osions paraît' comme cela en voust prégenche, ma dans lou petit paquet de sous dont mademouzalle nous assista hier au cheoir, j'avions trouva ceste pièche d'or, qu'on n'avait ben chertainement pas l'intenchion de nous donna, et j' nous emprêchons de la li rapporta; la voichi... » En achevant ces mots, il remit humblement sur le bord de la table un louis d'or, déjà tout imprégné de la crasse noirâtre de ses mains. « Mais qui a pu vous faire croire, leur dit Euphrosine, que c'est plutôt moi qui vous ai jeté cette pièce d'or que les autres personnes du voisinage qui vous ont fait également leur offrande? — Oh! que chi fait, ma belle demouzalle, répondit le plus jeune, qui n'avait pas encore osé parler, j'ons ben reconnu lou petit paquet qu'ous avez jeta dans mon chapiau. — Et pious, ajouta l'aîné, j'ous venions de che pas de plousieurs maisons de vostre rue, la pièche est à vous; rien n'est plu chertain. Reprenez-la, je vous en prie. — Je vois, di M. de Murval, que ce sera moi qui par mégarde, en remettant pour vous à ma fille quelques pièces de monnaie... Oui, je reprends ce louis, mais c'est pour récompenser votre bonne foi, pour encourager votre probité. Tiens, dit-il à l'aîné en le lui remettant, je te le donne du bon cœur, et je désire qu'il te profite. —

Ous voulais nous plaisanta, repartit le petit Auver-
gnat, ma ne vous y fiais pas; si vous continua, mau
gré lou respect qu'ous vous portons, je pourrion
nous fàcha. — Je ne plaisante pas du tout, repri
M. de Murval : garde cette pièce d'or. — Et moi,
ajouta vivement Euphrosine, pour vous prouver combien j'aime à récompenser, à encourager les bonnes
qualités, je double la somme et je veux que vous
ayez chacun votre petit trésor... »

A ces mots, elle alla chercher un louis dans la
bourse de ses épargnes, et le remit au plus jeune,
qui, regardant son frère, se jeta avec lui aux pieds de
M. de Murval et de sa fille; et tous les deux firent
dans leur patois une prière pour la conservation de
leurs chers bienfaiteurs. « Mais c'est à condition, dit
Euphrosine, partageant leur ivresse, qu'ils nous
chanteront encore une chansonnette et qu'ils exécu-
teront une danse de leur pays. — Oh! qu'à chela ne
quienne! » s'écria l'aîné. Et à l'instant les voilà
grimaçant, gambadant, gesticulant, qui se livrent à
toutes leurs folies et font pâmer de rire M. de Murval
et sa fille, ainsi que tous les gens de l'hôtel, accourus
au son de la musette d'Auvergne. Leur jeu fini, M. de
Murval donna ordre qu'on les fît amplement déjeuner
et Euphrosine leur dit, en les quittant, qu'elle désirai
que leurs deux louis leur profitassent. Elle leur recommanda, lorsqu'ils passeraient devant l'hôtel, de ne
pas oublier d'entrer, que toujours ils y trouveraient à
déjeuner. Les deux petits Auvergnats se retirèrent
plus contents, plus émus que jamais, et répétèrent à

l'office, où on les régala bien, toutes les folies qu'ils avaient faites devant M. et mademoiselle de Murval.

Plusieurs jours, plusieurs mois, se passèrent sans qu'on entendît parler d'eux. M. de Murval et sa fille ne savaient à quoi attribuer cette disparition. « Peut-être, disait Euphrosine, ont-ils mangé leurs deux louis, et ils n'osent pas se montrer devant nous. — Non, non, répliqua M. de Murval, les Auvergnats sont trop économes; ils ne dissipent pas aussi facilement l'argent qu'ils amassent; leur plus grand bonheur est de l'emporter dans leur pays, où il est très-rare; et là ils le remettent à leurs parents, ou bien ils en achètent quelques morceaux de terre pour agrandir leur modique héritage. »

M. de Murval et sa fille se trompaient également sur l'emploi que les deux petits montagnards avaient fait de leur argent. Deux louis à la fois! jamais ils n'avaient possédé pareille somme : aussi avait-elle excité leur ambition. De simples petits danseurs de musette qu'ils étaient, ils se firent tout à coup marchands d'aiguilles; ils allaient eux-mêmes les chercher dans les manufactures, et les revendaient ensuite de village en village. Leur petit commerce s'accrut au point qu'ils y ajoutèrent au bout de quelque temps celui de petites dentelles d'Alençon, de mouchoirs et de cotonnades de Rouen; et, comme nos deux petits commerçants grandissaient à mesure qu'ils augmentaient leur négoce, on les vit, au bout de deux ans, portant chacun sur leur dos un ballot de marchandises, commençant à suivre les foires et à vendre

dans les petites villes. Peu à peu ils se firent connaître et remarquer par leur gentillesse et surtout par
leur probité. On ne parlait partout que de Jacques et
de Guillaume : c'est ainsi qu'ils se nommaient. Dans
tous les hameaux, sur les routes, dans les auberges,
ils s'étaient fait une réputation qui ne contribuait pas
peu à leur prospérité. Enfin, parvenus à l'âge de dix-
sept ans, ils se trouvèrent, en passant dans leur pays,
en état d'acheter un beau mulet d'Auvergne, sur
lequel ils déposèrent leurs ballots de marchandises :
et voilà nos deux jeunes et vigoureux montagnards
parcourant à pied toute la France, étendant leur commerce, et se faisant estimer et chérir partout où ils se
présentaient.

Plusieurs années s'étaient écoulées sans qu'ils
eussent reparu dans Paris. M. de Murval avait marié
sa fille à un riche propriétaire qui possédait une terre
considérable en Normandie, près de Falaise. C'était
au mois de septembre, à l'époque où se tient dans ce
pays la fameuse foire de Guibray, à laquelle se ren-
dent les négociants de tous les points de la France, et
même d'une partie de l'Europe. Jacques et Guillaume,
qui depuis quelque temps avaient entrepris le commerce des soieries de Lyon, vinrent s'établir à cette
foire, où ils étalèrent les étoffes les plus riches, les
rubans les plus nouveaux. M. de Murval était venu
avec toute sa   mille visiter la foire de Guibray. Il
s'arrêta avec sa fille et son gendre devant la boutique
de Jacques et Guillaume, qui, à leur aspect, émus et
surpris, se dirent tout bas l'un à l'autre : « C'est lui !

c'est elle!... » Le hasard voulut que la fille de M. de
Murval achetât pour deux louis de ruban : elle les
tira de sa bourse et les offrit aux deux marchands,
qui lui avaient déplié leurs étoffes, leurs rubans, avec
des égards et une complaisance tout à fait remarquables; mais l'un d'eux lui dit avec expression et les
yeux fixés sur elle : « Madame, nous sommes payés.
— Que voulez-vous dire? répondit Euphrosine;
serait-ce mon père qui, d'avance et sans que je m'en
fusse aperçue... — Moi! dit M. de Murval, je n'ai pas
donné une obole, et ne sais ce que tout cela signifie.
— Mon frère a raison, reprit l'autre marchand avec la
même émotion; oui, Monsieur, nous sommes payés,
et vous prendriez toute notre boutique et tous nos
magasins, que nous serions encore vos débiteurs. »
Ces paroles ne firent qu'augmenter l'étonnement de
la famille de Murval, qui ne savait à quoi attribuer
cette étrange aventure, lorsque tout à coup Jacques
et Guillaume, sortant de leur comptoir et tombant
aux pieds de M. de Murval, s'écrièrent en reprenant
l'accent de leur pays : « Ous ne recounaichez donc
pas les doux pauvres petits Ouvergnats qu'ous z'avais
achista si générousement? — Quoi! ce seraient là
mes bons petits montagnards? dit Euphrosine en partageant la surprise et la joie de son père : comme ils
ont grandi! on lit sur leurs figures le bonheur et la
probité. Quel ton d'aisance, et comme leur langage
est changé! — Oh! reprit Jacques, c'est qu'à force de
courir le monde on en prend les manières, et nous
nous sommes un peu formés pendant les dix années

que nous avons voyagé en France. — Vous souvenez-
vous, Madame, dit Guillaume à Euphrosine, qu'en me
donnant un louis, ainsi qu'à mon frère, vous me dîte
avec la plus touchante bonté : *Je désire qu'il te profite*
Eh! Madame, votre bienfait a prospéré au-delà de
vos désirs : tout nous a réussi; nous sommes parvenus à devenir ce que nous sommes. Cette riche
boutique n'est qu'une faible partie de ce que nous
possédons; notre crédit est immense, notre commerce
s'étend dans toute la France. Demandez, informez-
vous à tous les plus riches négociants réunis à
Guibray : ils vous diront si l'on fait cas de Jacques et
de Guillaume. — Venez, ajouta Jacques, oh! venez
dans notre boutique; c'est votre ouvrage, c'est votre
bien. En nous donnant les deux louis, source de notre
fortune, vous nous fîtes faire le meilleur déjeuner que
nous eussions fait jusqu'alors; acceptez à dîner dans
notre magasin, nous vous raconterons les moyens
que nous avons pris pour arriver où nous sommes, et
nous répéterons à Madame la danse et les chansons
de notre pays qui la faisaient rire de si bon cœur. —
Oui, nous acceptons, dit Euphrosine avec émotion;
jamais repas ne m'aura paru aussi délicieux. Oh! que
je m'applaudis d'avoir encouragé tant d'excellentes
qualités, et qu'il m'est doux de retrouver ainsi mes
deux chers petits Auvergnats!... » A ces mots, M. de
Murval et sa famille entrèrent dans le riche magasin
de Jacques et Guillaume, où on ne tarda pas à leur
servir un dîner splendide, qui fut embelli par les
accents de la joie la plus vive et ceux de la reconnaissance.

Après le dîner, Jacques et Guillaume se mirent à danser un pas d'Auvergne, accompagné de chansons où ils exprimèrent de nouveau tout le bonheur qu'ils ressentaient de posséder leurs chers bienfaiteurs. Mais les élans de leur joie furent bientôt troublés par un tumulte effroyable au milieu duquel on distinguait les cris : *Au feu!*... Ils sortent précipitamment et aperçoivent les flammes qui s'élevaient de la boutique d'un riche fabricant de Lyon. Cet homme respectable, et père de plusieurs enfants, voulant sauver de l'incendie des marchandises précieuses, s'était élancé jusqu'au fond de son magasin au travers des charpentes embrasées. Ses deux filles, dans un effroi mortel sur le sort de leur père, remplissaient l'air de leurs cris, quand tout à coup Jacques et Guillaume, s'exposant à une mort certaine, pénètrent au milieu des flammes, et, peu d'instants après, reparaissent, aux acclamations de tous les assistants, portant sur leurs bras le fabricant de Lyon, soustrait à cet imminent danger. L'heureux père et ses filles ne pouvaient assez témoigner leur reconnaissance à ces jeunes gens courageux. A l'aide de nombreux secours on se rendit bientôt maître du feu. Jacques et Guillaume proposèrent à M. Blondel (c'était le nom de ce riche fabricant) de s'établir dans leur magasin pour tout le reste de la foire et d'y transporter les marchandises sauvées des flammes. Le fabricant accepta ces offres faites avec toute l'effusion de la franchise; suivi d'Angélique et de Louise, ses deux filles, il entra dans le magasin de Jacques et de Guillaume, qui, pour leur laisser entière liberté, allèrent coucher dans une auberge, se proposant de faire avec eux société commune pendant le jour. Bien que l'accident qui venait d'arriver à M. Blondel ne dût porter aucun échec à sa fortune, il éprouvait néanmoins le chagrin momentané de ne pouvoir répondre à des engagements qu'il avait contractés pour l'époque de la foire de Guibray, et il avoua à ses hôtes qu'il se voyait forcé, pour la première fois de sa vie, de retarder ses payements. « Retarder vos payements! vous monsieur Blondel? s'écria Jacques; non, nous ne souffrirons pas qu'un des premiers fabricants de Lyon compromette en la moindre chose le crédit qu'il s'est acquis par cinquante ans de travaux et de probité, en vous offrant de partager notre loge, notre magasin, nous vous offrons en même temps de partager notre bourse. — Oui, ajouta Guillaume, tous vos mandats seront acquittés, et vous nous en remettrez le montant quand vous le jugerez à propos. Lorsque, il y a cinq ans, nous nous présentâmes chez vous, à Lyon, le sac sur le dos, vous nous confiâtes des marchandises, vous nous aidâtes de votre crédit; eh bien! c'est aujourd'hui notre tour; oui, c'est un devoir que nous sommes heureux et fiers de remplir... »

Cet élan de Jacques et de Guillaume pénétra le respectable M. Blondel de joie et d'attendrissement : il les pressait tour à tour sur son sein; Angélique et Louise ne pouvaient cacher leur émotion. M. de Murval, qui, pendant cette scène touchante, avait gardé le silence, ainsi que sa fille et son gendre, se félioita plus que jamais d'avoir, avec une simple pièce d'or, produit dans la société deux hommes aussi probes, deux négociants aussi estimables. Il passa le reste de la journée avec ces braves gens, et, lorsqu'il les quitta, il leur fit promettre qu'après la foire de Guibray ils viendraient tous passer quelques jours à la terre de son gendre, qui n'était qu'à deux petites lieues de la ville. On se sépara donc; et, le souper fini, Jacques et Guillaume laissèrent dans leur loge M. Blondel et ses deux filles, pour se livrer au sommeil, dont ils avaient si grand besoin.

Le lendemain et jours suivants, M. Blondel fut occupé à remettre en ordre ses affaires interrompues par l'incendie, et à payer, avec les fonds de Jacques et de Guillaume, les mandats et les lettres de change qui lui furent présentés. Enfin, la foire de Guibray étant finie, ils se rendirent tous les cinq, selon leur promesse, à la terre qu'habitait M. de Murval. Ils y furent accueillis avec une distinction toute particulière. M. Blondel ne cessait de faire l'éloge de Jacques et de Guillaume, qui lui avaient avancé près de quatre-vingt mille francs pour remplir ses obligations. « Je veux publier partout leur généreux dévouement, disait le respectable fabricant, et, s'ils ont contribué à me conserver l'honneur, j'espère contribuer à augmenter leur crédit et leur réputation.— Non, ajoute Angélique avec l'élan de la plus vive reconnaissance, jamais je n'oublierai le courage et le désintéressement des deux frères. — Mon père aura beau faire, dit à son tour Louise, il ne pourra jamais s'acquitter envers eux. — Il n'est qu'un seul moyen, reprit M. de Murval. — Lequel? demanda vivement M. Blondel. — N'avez-vous pas, ajouta M. de Murval, l'intention d'établir mesdemoiselles vos filles? Qui mieux que Jacques et Guillaume pourraient leur offrir la certitude du bonheur? — Ah! Monsieur, que dites-vous là? reprit Jacques en l'interrompant; la distance est trop grande : ces demoiselles méritent et obtiendront sans peine des partis au-dessus de nous. — De quelle distance parlez-vous? répondit M. Blondel : vous êtes négociants comme moi; avec le temps, votre fortune peut égaler ou même surpasser la mienne. Vous réunissez ce que je prise le plus dans les hommes : un bon cœur, une probité à toute épreuve, et surtout l'habitude du travail; si mes deux filles pensent comme moi, elles sont à vous. »

Le consentement formel de Louise et d'Angélique mit le comble à la joie et au bonheur de Jacques et de Guillaume, qui leur offrirent l'assurance d'un bonheur inaltérable : puis, se tournant vers M. de Murval et sa fille, ils s'écrièrent :

« Oh! nos dignes amis, jouissez de vos bienfaits! ce nouveau bonheur est encore votre ouvrage... Et vous, qu'il nous est maintenant permis d'appeler notre père, dirent-ils à M. Blondel, combien nous rendons grâce au hasard qui nous a procuré l'avantage de vous offrir quelques secours! »

Le bon vieillard était si ému, qu'il ne pouvait répondre à ses deux gendres que par ses embrassements. La joie brillait sur tous les visages, et M. de

Murval ainsi qu'Euphrosine voulurent que cette double alliance fût célébrée au château.

On se procura donc en peu de jours les papiers nécessaires : la famille de M. Blondel ne tarda pas à venir de Lyon. Enfin l'heureux jour arriva. Jacques épousa Angélique, et Guillaume épousa Louise. Leur association ne fut jamais altérée par le moindre démêlé, leur double union par le plus petit nuage. Ils devinrent les premiers négociants de France; mais ni leurs succès ni leurs richesses ne leur firent oublier M. de Murval et sa fille, qui ne cessaient de répéter que le peu de bien que l'on fait n'est jamais perdu pour le bonheur.

Angélique et Louise furent aussi heureuses que l'avait prévu leur respectable père Jamais leurs époux, quels que fussent leur crédit et leur opulence, ne voulurent avoir d'autres noms que ceux de Jacques et de Guillaume. Dans toutes les foires qu'ils parcouraient, ainsi que sur tous les magasins qu'ils établirent en France et dans l'étranger, ils prirent constamment pour enseigne : « A LA PIÈCE D'OR. »

FIN.

TABLE

FIN DE LA TABLE.

Limoges. — Imp. Eugène ARDANT et Cᵉ.

www.ingramcontent.com/pod-product-compliance
Lightning Source LLC
Chambersburg PA
CBHW070853030726
47504CB00005B/1322